便利店人間

コンビニ人間

村田沙耶香

王華懋 譯

【給台灣讀者的作者序】

各位台灣讀者大家好，我是村田沙耶香。

很高興《便利店人間》即將在台灣出版。我一直很想去台灣看看，儘管尚未成行，卻對這個地方感到極為親切。

這部作品的舞台，是日本一家小便利商店。以便利店這個小小世界為發想的故事，被翻譯成繁體中文，甚至比我更早一步跨越大海與各位見面，對我來說就像是美好的奇蹟一般。

我本身也在日本的便利店打過工，在那裡與各種國籍的人共事過，當中也有幾位是台灣人。

我經常和台灣女生在後場聊天，我們的對話用的是日語，現在想想真的很奇妙。聊天的內容很多元，像是便利店的飯糰很好吃、一起分享新上市的巧克力商品等，有時候也會在下班後一起去吃飯。這些台灣同事幾乎都是留學生，也有女同事放假回台灣老家，還會帶台灣名產送給我。

當時我完全沒有出國旅行的經驗，生平第一次品嚐到外國的糕點，我的舌頭與異國的糕點第一次親密接觸，就是在便利店的後場。我總是忍不住想像，販賣如此美味的糕點的地方，究竟有著多麼美好的風景呢？

繁中版的小說比我早一步踏上我所嚮往的地方，這令我感動萬分。希望我能在不久後的將來拜訪台灣，並在台灣的書店裡找到自己的作品。

我要向參與翻譯、出版這部作品的每個人表達由衷的謝意，以及拿起本書的各位讀者們，謝謝你們。期待有一天能在台灣見到各位。

村田沙耶香

便利店人間

便利店充斥著各種聲音：客人進店的門鈴聲、店內有線廣播裡偶像宣傳新商品的聲音、店員招呼聲、掃條碼的嗶聲、商品放入購物籃的聲音、抓起麵包袋的沙沙聲、漫步店內的鞋沓聲。它們渾然一體，化成「便利店的聲音」，無時無刻敲打著我的耳膜。

飲料區的保特瓶被取走一罐，後方保特瓶向前滑動的輕微滾輪聲吸引我抬起頭。許多客人都是在最後才會拿取冷飲結帳，所以聽到那聲音，我的身體便會自動反應。

看到手拿礦泉水的女客人還沒有要來收銀台，繼續挑選甜食，我的視線便又回到了手邊。

我一邊把剛送來的飯糰補上架，一邊從散落在店內的無數聲音中拾取訊息。

早上這個時間帶銷路最好的是飯糰、三明治和沙拉；另一頭，時薪人員菅原正在用小型掃描器點貨，我則將由機器製作出來的乾淨食品，井然有序地陳列起來。

把新商品的明太子起司飯糰放中間，擺上兩排；旁邊兩排是店裡賣最好的鮪魚美乃滋飯糰；銷路不太好的柴魚飯糰則排在角落。速度是關鍵，因此我幾乎不動大腦，任由早已內化的規則直接對身體下達指令。

細微的零錢碰撞聲使得我回頭望向收銀台。在掌心或口袋裡把玩零錢的客人，通常都是買個菸或報紙就走了，所以我對零錢的聲音特別敏感。果然不出所料，一名男子一手拿著罐裝咖啡，另一手插在口袋裡，正往收銀台走去。我迅速穿過店內，滑入收銀台，站在裡面待命，免得讓客人久等。

「早安！歡迎光臨！」

我欠身行禮，接過男客人遞過來的罐裝咖啡。

「啊，五號菸一包。」

「好的。」

我迅速抽出綠色萬寶路，掃描條碼。

「麻煩進行年齡確認。」

男子按下觸控畫面後，視線飄向陳列熱食的食品櫃，於是停下了動作。雖然可以詢問：「需要什麼嗎？」但客人在猶豫時，我會避免催促。

「再加一根美式熱狗。」

「好的。謝謝惠顧。」

我用酒精消毒手部，打開熱食櫃，包起一根熱狗。

「冷飲和熱食要分開裝嗎？」

「啊，不用，裝在一起就好。」

我迅速將咖啡、香菸和熱狗裝進S號購物袋。

這段期間，原本在口袋裡把玩零錢的男子似乎念頭一轉，把手伸進胸前的口袋。看到那動作，我立刻判斷他打算用儲值卡付款。

「用Suica卡*[1]支付。」

「好的。請在這邊感應。」

身體像是能夠自動讀取客人的每一個動作與視線，反射性地做出回應。耳朵和眼睛化為重要的偵測器，接收客人細微的行動及意志。我留心避免過度觀察，惹人不快，依據所捕捉到的訊息俐落地行動。

「這是您的發票。謝謝惠顧！」

我遞上發票，男子小聲道謝後離開。

「讓您久等了。早安，歡迎光臨！」

我對著下一名女客人欠身行禮。

感受到晨光在這座小巧的光盒裡正常運作著。

擦拭得纖塵不染的玻璃窗外，是忙碌行走的人潮。

一日之始，世界初醒。社會的齒輪開始運轉，而我亦身為齒輪

＊注1：Suica卡，最早是由JR東日本發行之感應式儲值車票，亦兼電子錢包功能。

之一，不停地轉動著。我是世界的零件，在「早晨」這個時間裡不斷地旋轉。

正準備衝去繼續補充架上飯糰，兼職人員領班泉出聲了。

「古倉，那邊的收銀機還有幾張五千圓？」

「啊，只剩下兩張。」

「咦，不妙耶，今天收到好多萬圓鈔喔。後場的保險櫃也沒剩多少了，等早晨尖峰結束，進完貨，我趁上午去一趟銀行好了。」

「謝謝！」

由於大夜班人手不足，這陣子都是店長自己值班，白天則由我和年紀相仿的女性兼職人員泉像正職一樣顧店。

「那，十點左右我去換個錢。啊，還有，今天有客人預約豆皮壽司，客人來的話招呼一下喔！」

「好的！」

看看時鐘，已經超過九點了。早上的尖峰時段差不多結束，必須趕快處理進貨，為中午的人潮做準備。我伸了個懶腰，再次回到賣場補飯糰。

❖

生而為便利店店員以前的事，總有些模模糊糊，無法鮮明地回憶起來。

我出生在普通的家庭，成長在郊外的住宅區，並在父母親普通的關愛下長大。但旁人眼中的我，卻是個有些古怪的孩子。

比方說，念幼稚園的時候，公園裡死了一隻小鳥，那是隻美麗的藍色小鳥，應該是有人飼養的。

孩子們圍著脖子垂軟、雙目緊閉的小鳥哭哭啼啼，一個女生說：「怎麼辦……？」於是我迅速地將小鳥放於掌心，拿到正坐在長椅上跟其他家長聊天的母親那裡。

「惠子，怎麼了？啊，小鳥……！是從哪裡飛來的呢……？真可憐，幫牠做個墳墓吧。」

母親摸著我的頭溫柔地說。

「把牠吃掉吧。」

我回應道。

「咦？」

「爸爸喜歡吃串燒，我們把牠烤來吃吧。」

我以為母親沒聽清楚，一字一句地朗聲說道。

結果母親怔住，旁邊其他孩子的母親可能也嚇壞了，眼睛鼻孔和嘴巴同時張得好大，那表情實在滑稽，差點沒把我給逗笑。看見那名家長直瞅著我的掌心看，我突然想到：**對了，一隻不夠。**

「再去抓幾隻來比較好嗎？」

我望向附近兩、三隻並排在一起蹦蹦跳跳的麻雀說道。

「惠子！」母親總算回神，責備地叫道。「我們幫小鳥做個墳墓埋起來吧。妳看，大家都在為小鳥哭泣。朋友死掉了很寂寞呢。喏，小鳥很可憐，對吧？」

「為什麼？難得牠自己死掉了吔。」

聽到我的疑問，母親啞口無言。

我只能想像父親、母親，還有年紀尚小的妹妹開心地吃小鳥的景象。爸爸喜歡串燒，我和妹妹最愛炸雞了。公園裡有這麼多鳥，抓一些回家不是很好嗎？我實在不懂為什麼要把它埋起來，而不是吃掉？

「妳聽好，小鳥這麼小，很可愛，對吧？我們在那邊幫牠做個墳墓，大家一起獻花吧！」

母親著急地再次強調。

結果最後真的這麼做了，但我無法理解。每個人都說著小鳥好可憐，抽抽噎噎地拔起附近的花，把好多花都弄死了。

「好漂亮的花。小鳥一定也會很開心。」

朋友們七嘴八舌地說著，我卻覺得他們簡直腦袋有病。

眾人在寫著「禁止進入」的柵欄裡面挖了個洞埋葬小鳥，有人從垃圾筒撿來冰棒棍插在土堆上，放上大量的花朵屍體。

「看，惠子，妳很傷心，對吧？真可憐。」

母親一次又一次喃喃說道，像是要說服我，但我半丁點都不這麼感覺。

類似的事情發生過好幾次。

剛上小學的時候，有一次體育課男生扭打成一團，引起騷動。

「快去叫老師！」

「趕緊制止他們！」

聽到有人慘叫，我心想：**啊，要制止他們啊！**便打開旁邊的工具櫃，抓起裡面的鏟子，跑到扭打的男生那裡，重擊其中一人的腦袋。

頓時驚叫聲四起，那位男生按著頭倒下。我看到他抱著頭一動也不動，心想也得阻止另一個人，便朝另一個男生舉起鏟子。

「惠子，住手！住手！」

女同學們哭著尖叫。

趕到現場的老師們目睹慘狀，全都嚇壞了，要求我解釋。

「大家說要制止他們，所以我用感覺最快的方法制止了。」

「不可以使用暴力。」

老師不知所措，支支吾吾地說。

「可是大家都說要制止他們，我只是覺得只要這麼做，山崎跟青木就會停下來了。」

我不懂老師為什麼生氣，於是仔細解釋，結果搞到召開教師會議，連母親都被叫到學校來。

看到母親不知為何一臉凝重，向老師行禮，滿口「對不起、對不起」，我才發覺自己的行為似乎不對，卻無法理解原因為何。

女老師在教室裡突然歇斯底里，拿點名簿猛拍講桌嚷嚷，嚇得大家哭起來的時候也是。

「老師，對不起！」

「老師，請不要那樣！」

同學們一臉悲壯，求老師冷靜，卻毫無效果。

因此，我為了要讓老師閉嘴，衝上去一把扯下她的裙子和內褲。年輕女老師整個嚇傻，放聲大哭，場面也安靜了下來。

隔壁班的老師跑來，問我怎麼回事？我說我在電視播的電影裡看到，有個女人被脫下衣服以後就安靜了。結果又鬧到召開教師會議。

「惠子，為什麼妳就是不懂呢……？」

被叫到學校的母親，在回程時憂心忡忡地喃喃說道，接著抱緊了我。我好像又做了什麼不對的事，心裡卻還是不明白為什麼。

父親和母親儘管困惑不解，但還是很疼我。而我也不想讓父母傷心，害他們向許多人賠罪，因此開始盡量不在家裡以外的地方開口說話。我不是模仿別人，就是聽令行事，再也不主動做任何事了。

看到我除了必要以外絕不開口，也不主動做什麼，大人們似乎都鬆了一口氣。

然而，隨著升上高年級，由於我實在太安靜了，結果這又成了問題。但對我來說，沉默是最好的方法，也是為了活下去最合理的處世之道。即使成績單上寫著「應該多結交朋友，多走到戶外遊玩」，我也貫徹到底——除非必要，絕不開口。

小我兩歲的妹妹和我不一樣，是個「普通」的孩子。

但她並不排斥我，反而非常敬愛我。當妹妹做了普通的事挨母親責罵時，我會走近母親詢問理由：「為什麼要生氣？」有時我的發問會打斷母親的訓話，也許這讓妹妹以為我在包庇她，所以她總是向我道謝。而我對零食玩具也沒什麼興趣，經常送給妹妹，因此她成天都膩在我身邊。

家人都很重視我、愛我，所以總是為我擔心。

「該怎麼樣才能『治好』惠子呢？」

我曾經聽見母親和父親這麼討論，心想：**自己有某些地方必須改正才行。**

父親也曾開車載我到遙遠的城市去接受心理諮商。諮商師首先懷疑我的家庭有問題，但父親是銀行員，為人忠厚老實，母親雖然有些軟弱，卻很慈祥，妹妹也很喜歡我這個姊姊。

「總之，對她付出愛，不要著急，守護她長大吧。」

諮商師所提供的建議不痛不癢，但父母還是竭盡所能地愛著我、保護著我。

我在學校裡交不到朋友，但也沒有遭到霸凌，總算是成功地安分守己，並順利地從小學畢業，升上國中。

高中畢業進入大學以後，我依然沒有改變，基本上休息時間都是一個人，和別人也幾乎沒有對話。雖然不再發生像小學時的那種問題，但父母還是很擔心，覺得我這樣下去沒辦法出社會。

儘管還想著「得治好才行」，我卻一眨眼就長大成人了。

❖

微笑超商日色町站前店，是一九九八年五月一日在我念大一時開幕的。

發現開幕前這家店的經過，我記憶猶新。

當時我剛上大學，參加了學校的活動去觀賞傳統能劇*2，由於沒有朋友陪伴，一個人回家的時候似乎走錯了路，不知不覺間闖入了陌生的商業區。

回神一看，四下沒有半個人影，街道上全是潔白的大樓，就好像圖畫紙做成的模型，感覺很不真實。只有大樓，宛如鬼城的世界。即使是週日的白天，街上除了我之外，再無一人。

我陷入誤闖異界的感覺，快步尋找地鐵車站，總算找到地下鐵標誌，鬆了一口氣跑過去時，突然發現有棟純白色的商業大樓一

*注2：能劇為起源於日本中世紀的一種歌舞劇。

樓，居然改裝得像座透明水族箱。

——微笑超商便利店日色町站前店即將在此為您服務！招募生力軍！

透明玻璃上除了這張海報以外，沒有招牌，什麼都沒有。

我悄悄往玻璃牆裡一望，沒有半個人，可能還在施工。牆壁各處貼滿了塑膠布，只有空無一物的白色貨架排列在店裡。我實在無法相信這樣一個空蕩蕩的地方會變成便利店。

家裡給的生活費其實相當充裕，但我對打工很有興趣，便抄下海報上的電話回家。隔天便打電話過去應徵，一場簡單的面試後，我很快就被錄取了。

對方說下星期開始實習，我在指定時間前往店裡一看，變得比上次更像便利店一些了。雜貨區的貨架已經布置好，上面整齊地陳列著文具和手帕等等。

店內有許多和我一樣新錄取的兼職人員：和我年紀差不多的女大學生、貌似打工族的男人、疑似主婦的年長女性，共十五名年齡服裝都截然不同的人們，生澀地在店內走來走去。

不久後，正職人員講師現身，把制服發給每一個人。我們換上制服，依照服裝指導海報整理好儀容。長頭髮的女生把頭髮綁起來，取下手錶和飾品，排成一列，剛才還像一盤散沙的我們，頓時變得像「店員」了。

首先，練習表情和打招呼。我們看著笑容指導海報，依樣畫葫蘆地揚起嘴角，抬頭挺胸，一字排開，一個接著一個說：「歡迎光臨！」正職男講師逐一檢查，若聲音太小或表情僵硬，他就會指示：「再來一次！」

「岡本，不要害羞，笑開一點！相崎，聲音再出來一點！再來一次！古倉，很好，非常好！就是這樣，很有活力！」

我很擅長模仿在後場播放的教學影片和講師的示範，過去從來沒有人教過我：這就是普通的表情、普通的聲音。

開幕前的兩星期，我們兩人一組，在正職人員的指導下，對著虛擬顧客不斷地練習。看著「顧客」的眼睛微笑行禮、生理用品要裝進紙袋、熱食和冷食要分開裝、顧客要求拿取熱食時，要先用酒精消毒手部。為了熟悉鈔票和銅板的觸感，收銀機裡放的是真的貨幣，但明細單上大大地印著「實習」兩個字，加上招呼的對象都是穿著相同制服的打工同事，感覺總像在玩商店家家酒一樣。

大學生、玩樂團的男生、打工族、主婦、夜校高中生，形形色色的人穿起同樣的制服，被重新塑造成整齊劃一的「店員」這種生物，整個過程十分有趣。

當一天實習結束後，眾人脫下制服回歸自我，就好像又換裝成其他的生物。

為期兩星期的實習後，終於來到了開幕當天。

這天我一早就待在店裡，原本嶄新而空無一物的貨架上，現在已經密密麻麻地擺滿了商品。員工們滴水不漏陳列上去的商品，總覺得好像是假的玩具。

開幕時刻到來，正職人員把門打開的瞬間，我心想：**是真的客人！不是實習中假想的虛擬顧客，而是「真正的客人」**。

顧客五花八門。這裡是商業區，原本我預期全都是穿西裝或制服的客人，然而，率先進來的卻是一群貌似當地區民的群體，手中拿著我們分發出去的優惠傳單。

第一位顧客是一名老婦人，我呆呆地看著拄拐杖的她走進來，後面則是大批手持飯糰便當優惠券的人們蜂擁而入。

「古倉，快打招呼！」

聽到正職人員的聲音，我回過神來。

「歡迎光臨！今天本店開幕大特賣！歡迎選購！」

在店內進行的「待客用語」，在實際有「顧客」的店裡，聽起來也截然不同。

我從不知道「顧客」這種生物會發出這麼多種聲音：迴響的腳步聲、說話聲、把零食丟進購物籃的聲音、打開冷飲櫃的聲音。

「歡迎光臨！」

我被客人製造的聲音給震懾，仍然不服輸地不斷高呼。

原本整齊排放、宛如樣品的食品和零食，一眨眼就被「顧客」的手給侵蝕摧毀了，就好像原本感覺有點假的店，被這些手逐漸改造成活生生似的。

首先到收銀台來的，就是第一個踏進店裡的高雅老婦人。

我站在收銀台內，回想著指導手冊的內容。婦人把裝了泡芙、三明治和幾個飯糰的購物籃擺到櫃檯上。

因為第一個客人來結帳，櫃檯裡的店員更加抬頭挺胸。我則在正職人員的關注下，照著實習學到的方式向婦人行了個禮。

「歡迎光臨！」

我發出與實習示範影片的女子完全相同的聲調，接下購物籃，照著實習內容開始掃條碼，而正職人員站在新人的我旁邊，迅速地將商品裝進塑膠袋。

「這裡早上幾點開？」

婦人開口詢問。

「呃，今天十點開。呃，以後一直都會開。」

實習時沒有學到遇到這種狀況時的處理方式，因此我回答得七零八落，這時正職人員迅速支援。

「從今天開始，我們一天二十四小時營業，全年無休。歡迎隨時光臨！」

「咦，半夜也開嗎？早上也開？」

「是的。」

我點點頭，婦人向我微笑。

「那太方便了。妳看，我背都佝了，走路也不方便，超市又離這裡太遠，去那裡很累人。」

「是的，從今以後，我們一天二十四小時營業，歡迎隨時光臨！」

我重複著旁邊正職人員說過的話。

「好厲害！店員也好辛苦。」

「謝謝！」

我模仿正職深深行禮。

「謝謝，我會再來。」

婦人笑著說，便離開了櫃檯。

「古倉，太棒了，一百分！第一次站收銀，卻這麼落落大方。保持下去。喏，下一個客人來了。」

在旁邊裝袋的正職人員如此說道。

我聽到正職人員的提醒後轉向前面，一名購物籃裡裝滿特價飯檯的客人正走了過來。

「歡迎光臨！」

我發出聲調相同的招呼聲，欠身行禮，接過購物籃。

就在這一刻，我第一次成功地化身為世界的零件。

我覺得在這一刻新生了。身為世界正常零件的我，就在這一天，確實誕生了。

❖

偶爾我會按計算機，算算從開幕那天以後過了多久。

微笑超商日色町站前店全年無休，持續亮燈運作著。前些日子，超商迎接了第十九次的五月一日，經過了十五萬七千八百個小時。

我，三十六歲，而超商和身為店員的我則已經十八歲了。那天在實習中一起學習的店員至今只剩下我一人，連店長也是第八任了。商品也是，實習那天的商品早已一個也不剩。但我依然如故，是這裡的店員。

剛開始打工時，家人都非常開心，大學畢業後，我說要繼續打工時，家人也支持我，說比起之前幾乎與世無涉的我，是非常大的成長。

大一的時候，包括週末，我一週打工四天，現在則變成一週五天。我總是一回到住處，就在狹小的三・二五坪套房裡從來不收的墊被上躺下。

上大學的時候，我找了房租便宜的地方離家搬出去住。

看到我遲遲不找正職，甚至可以說是執拗地在同一家便利店打工，家人似乎也逐漸擔憂了起來，但為時已晚。

我也不明白為什麼非是便利店不可、為什麼不能是一般公司？不過，即使我可以遵循一份完整的指導手冊變成「店員」，仍舊不明白少了手冊，要怎麼樣才能當一個普通人。

父母嬌縱我，讓我一直打工下去，這令我心生愧疚。二十多歲時也試著找過正職，但只有便利店打工資歷的我，甚至難以通過書面審核，即使打進面試階段，也無法好好解釋為何那麼多年來，只是個兼職人員。

也許是因為每天工作，我經常連在夢裡都在站收銀，或是想到：「啊，新的洋芋片商品還沒有放上價格卡」、「熱茶賣得很好，得補貨才行」而赫然驚醒。有時還會夜半大喊：「歡迎光臨！」把自己嚇醒。

睡不著的夜晚，我會想著現在仍在活動的通透玻璃箱子。此時此刻，便利店也在潔淨的水族箱裡像座機器，持續運作著。

想像著這樣的情景，店裡的聲音便會逐漸在耳膜裡復甦，讓我能安心入眠。

到了早上，我又可以化身為店員，成為世界的齒輪。唯有這件事，讓我得以是一個正常人。

早上八點，我打開微笑超商日色町站前店的大門。

我的班從九點開始，但我都會提早到，並在後場吃早餐。一到店裡，我便挑了一瓶兩公升的礦泉水，以及即將報廢的麵包和三明治，買下後走到後場用餐。

後場有個大螢幕，上面是監視器畫面。我一邊啃麵包，一邊觀察剛開始做大夜的新人越南籍達特拚命打收銀的樣子，還有店長東奔西走，支援還不熟悉的達特的模樣，準備一有狀況，隨時換上制服衝出後場幫忙結帳。

早上像這樣吃著便利店的麵包，午餐休息時間吃便利店的飯糰和速食，晚上疲累的時候，大部分也直接買店裡的東西帶回去。兩公升的水在工作的時候會喝掉約一半，剩下的則裝進環保瓶帶回家，上床之前就喝完這瓶水度過。

一想到自己的身體幾乎都是這家超商的食物所構成，就覺得自己猶如這家店的一部分，就像商品貨架或咖啡機。

吃完早餐後，我會看看氣象預報，或店裡的資料。氣象預報是便利店非常重要的資訊來源，與昨天的溫差也很重要。

今天最高氣溫二十一度，最低氣溫十四度，多雲，傍晚可能會下雨，體感溫度應該會比實際溫度更低。

在炎熱的日子，三明治銷得好；天冷的時候，飯糰、包子、麵包較受青睞。櫃檯熱食也是，不同的氣溫，熱賣的商品隨之不同。日色町站前店在天冷的日子，可樂餅賣得特別好，剛好又遇上有特價活動，我叮嚀自己今天得多做些可樂餅。

就在這當中，時間過去，和我一樣九點上日班的打工人員慢慢到齊了。

約過八點半的時候，隨著一道尖聲高喊的「早安！」，後場門被打開來，是被視為兼職人員領班所倚重的泉。

她大我一歲，三十七歲，是家庭主婦，雖然個性有點嚴格，不過人很幹練又勤奮。她穿著略嫌花俏的衣服現身，在置物櫃前把高跟鞋換成運動鞋。

「古倉，妳今天也好早喔。啊，是新推出的麵包。好吃嗎？」

泉看到我手上的芒果巧克力麵包問道。

「奶油味有點怪，香味太強，不太好吃吔！」

「咦，真的嗎？店長叫了一百個，這下不妙啦。總之，今天進的得賣完才行呢。」

「好！」

兼職人員裡面學生和打工族占了壓倒性多數，因此我難得與年紀相仿的女性共事。

泉紮起染成褐色的頭髮，在深藍色上衣罩上白色襯衫，繫上水藍色領帶。日色町站前店開幕的時候沒有這項規定，但自從換成現在的老闆之後，規定制服底下一定要穿襯衫打領帶才行。

「早安！」

泉在鏡子前整理儀容時，菅原衝了進來並喊道。

她是個二十四歲女生，也是打工族，嗓門很大，個性很活潑，似乎是樂團的主唱，曾埋怨說想把剪得像男生頭的短髮染成紅色。她體型微胖，性情討喜，但在泉進來以前，是個遲到慣犯，還戴耳環上班，常挨店長罵。多虧有泉大刺刺地斥責糾正，菅原現在也變成一位認真工作的熱血店員。

日班其他還有高瘦的大學生岩木，和已經找到正職、即將辭職的打工族雪下。岩木也在求職中，不能來上班的日子愈來愈多，所以除非店長從大夜班調回來，或招募新的日班人員，否則店面營業會撐不下去。

幾乎是我身邊的這些人，構成現在的「我」。

三成是泉、三成是菅原、兩成是店長，其餘的則是過去的人們，像是半年前辭職的佐佐木、一年前的領班岡崎。吸收這些人的要素所構成的我。

特別是說話的語氣，會被身邊的人傳染。現在我的語氣是泉加上菅原混合而成。

據我猜想，大部分的人應該也是這樣。之前菅原的樂團夥伴來店裡的時候，女生的打扮跟說話的口氣都跟她一個樣；還有佐佐木在泉進來以後，「辛苦了」的語調也變得跟她一模一樣；又有一次，與泉在前職場交情不錯的主婦來支援店裡時，因為服裝風格跟泉實在太像了，我還差點搞錯。或許我說話的語氣也傳染給什麼人了。

我覺得我們就是像這樣相互傳染，維持著人的形象。

泉來打工以前，服裝雖然花俏了些，卻很符合三十多歲的年紀，因此我都會看她穿哪個牌子的鞋，以及置物櫃裡大衣的衣標來做參考。有一次，她把化妝包放在後場沒收好，我便把化妝品的品名和牌子也記下來了。

如果直接模仿，一下子就會曝光。於是我上網用品牌搜尋，看穿著該牌衣服的人在部落格介紹的其他牌子，比方說，格主考慮要買來穿搭的他牌披肩等等。

看著泉的衣著、身上的飾品、髮型等等，我愈來愈覺得這才是正確的三十多歲女性範本。

泉忽然注意到我穿的芭蕾平底鞋。

「啊，那是表參道店家的鞋子，對吧？我也喜歡那家的鞋子。

我有他們家的長靴喔。」

泉在後場時總是會稍微拉長語尾，慵懶地說話。

這雙鞋子，是我趁泉去廁所的時候記下她鞋底的品牌名，再去店裡買的。

「咦，真的嗎？難道是深藍色的那雙？之前妳有穿來店裡對吧？那雙超可愛的！」

我回答泉這麼說道。

我會抄襲菅原的說話方式，並將語尾稍微放成熟一些。

菅原說話的語氣就像附有斷奏記號，彷彿在小跳步。雖然與泉的口吻南轅北轍，但將兩者交織在一起運用，便奇妙地恰到好處。

「我覺得妳跟我品味很合耶，妳的包包也很可愛。」

泉微笑著說。

因為我就是以她為範本啊，品味相近是理所當然的。看在別人眼裡，我應該是個拿著符合年紀的包包，說話語氣既不失禮、也不冷漠，距離感剛剛好的「人」吧。

「泉，妳昨天在店裡嗎？泡麵庫存亂七八糟的耶！」

在置物櫃前換衣服的菅原大聲問道。

「我在呀。白天是沒問題，可是大夜的兼職人員又無故缺勤了，所以才叫新人達特代班，不是嗎？」

泉轉頭看她說道。

菅原邊皺眉，邊拉上制服拉鍊走了過來。

「咦，又無故蹺班？現在人手不足吔，這太誇張了吧！所以店裡才整個亂成一團。鋁箔包根本沒補上嘛，都早晨尖峰了吔！」

「就是啊，爛透了呢。店長說他這星期還是要上大夜。現在只有新人嘛。」

「日班也好不到哪裡去，岩木忙著求職不在啊。真傷腦筋！要辭職就快點辭嘛，結果害到的都是我們這些其他人。」

聽著兩人感情豐富的對話，我有些焦急起來，因為我的體內幾乎沒有憤怒這種感情，只覺得缺少人手很困擾而已。

「咦，又無故蹺班？現在人手不足吧，這太誇張了吧！」

我偷看菅原的表情，就像實習那樣，挪動臉上相同部位的肌肉說道。

「哈哈，古倉氣死了。就是說嘛，真的太扯了啦！」

我重複菅原的話，泉一邊解下手錶和戒指一邊笑道。

剛開始打工沒多久我就發現，只要為同一件事生氣，每個員工都會露出開心的表情。像是有人埋怨店長很討厭、大夜的誰蹺班時，在一旁附和，就能營造出奇妙的團結感，每個人都會為我的憤慨感到開心。

看到泉和菅原的表情，我放下心來。**啊，我剛才很棒地表現出一個「人」的樣子呢**。這樣的安心，我已經不知道在便利店裡感受到多少次了。

「來開朝會吧。」

泉看看時鐘，向我們吆喝著。

「好！」

我們三個一字排開，進行朝會。泉打開聯絡簿，唸出今天的目標和注意事項。

「今天的推薦商品是新商品芒果巧克力麵包，要加入待客用語，強力推銷。還有，目前是清潔強化週，白天很忙，但還是要盡量多清潔地板、窗戶和門口附近。沒時間了，誓詞就跳過好了。那麼，大家一起唸一遍待客用語：『歡迎光臨！』」

「歡迎光臨！」

「『沒問題！』」

「沒問題！」

「『謝謝惠顧！』」

「謝謝惠顧！」

我們一起齊聲練習待客用語，檢查服裝儀容，說著「歡迎光臨！」一個個走出後場。

我跟在兩人身後，也跑出辦公室的門。

「早安，歡迎光臨！」

我熱愛這一瞬間，覺得它為我帶來了「早晨」。

顧客進門時的叮咚聲響就像是教堂裡的鐘聲，只要打開門，就有光輝洋溢的箱子在等著我，而箱子裡則是運轉不輟、堅定不移的正常世界。

我對這個充滿光芒的箱中世界寄予全面的信賴。

❖

我固定休週五和週日，所以有時會在平日的星期五去找婚後定居家鄉的朋友。

學生時代，我專注於奉行「謹守沉默」，因此幾乎沒有朋友。不過開始打工後，同學會上與老同學重逢，在家鄉也有了朋友。

「咦，好久不見，古倉。妳變得跟以前完全不一樣了！」

當時美穗開朗地對我這麼說。

只因為我們的包包碰巧是同款不同色，所以便聊了開來，交換了電子信箱，約好下次一起去血拼。此後，我們便偶爾會一起小聚，吃飯逛街。

美穗現在結婚了，在老家買了一棟中古透天厝，經常找朋友到家裡玩。由於隔天還要打工，有時我會覺得懶，但這是除了便利店以外我和世界唯一的連繫，而且是與同齡「普通的三十多歲女性」交流的寶貴機會，因此我都會盡量答應美穗的邀約。

今天也是。美穗、帶著年幼孩子的由香里、結婚但還沒有孩子的紗月和我，四個人帶了蛋糕在美穗家聚會喝茶。有孩子的由香里因為丈夫的工作，離開了家鄉一段時間，所以好一陣子沒見面了。

我們吃著在站前購物中心買的蛋糕，由香里看著大家直呼好懷念，把我們都逗笑了。

「還是家鄉好。上次見到惠子，是我剛結婚的時候，對吧？」

「嗯，對啊。那時候大家一起慶祝，一大群人一起烤肉對吧？好懷念喔！」

我混合泉和菅原的語氣說著。

「惠子好像不太一樣了呢。」

由香里看著感情豐富說話的我如此說道。

「之前妳說話的語氣是不是更天然呆一點？還是因為髮型的關係？感覺氣質不一樣了。」

「咦，會嗎？我覺得惠子一點都沒變啊。是因為我們常見面的關係嗎？」

美穗納悶地問。

由香里說的沒錯，因為我所攝取的「世界」已經輪替了。就好像之前與朋友見面時體內的水，現在已幾乎流光，換成了不同的水一樣。

也就是說，構成我的事物已經不同了。

幾年前見面的時候，店裡打工的多半是悠哉的大學生，我說話的語氣跟現在應該完全不同。

「有嗎？我真的變了嗎？」

我也不解釋，只是笑著。

「這麼說來，可能穿衣風格不太一樣了吧！之前好像更自然系一點。」

「啊，或許喔。是不是那間表參道店的裙子？我也試穿過不同色的，很可愛吔。」
「嗯，最近我都穿這家的衣服。」
身上的衣物、說話的節奏都徹底改變的我笑道。
朋友究竟是在跟誰說話呢？但由香里還是對著我笑，不停地說著：「好懷念。」
美穗和紗月可能是因為在家鄉經常碰面，兩人的表情和說話方式完全一樣。尤其是吃點心的動作特別像，兩人都以塗了指甲油的手指把蛋糕撕成小塊，送入口中。
是從以前就這樣的嗎？我試著回想，卻記憶模糊。也覺得或許之前見面時對於兩人的各種小習慣和動作，早就都忘光光了。
「下次找更多同學一起聚聚吧。難得由香里也回來了，也邀一下詩帆吧。」

「對呀，不錯喔，就這麼辦吧！」

聽到美穗的提議，每個人都興致勃勃。

「叫大家帶自己的老公跟孩子來，再一起辦烤肉會。」

「哇，太好了！朋友們的孩子也變成朋友，這真的很棒呢。」

「對啊，那樣很棒。」

紗月羨慕地說。

「紗月，妳們不打算生小孩嗎？」

由香里反問她。

「嗯……想是想啦，順其自然。不過，也在考慮是不是該認真做人了。」

「對呀，妳現在也搬回來了，正是個好時機啊。」

美穗點點頭說。

看著紗月凝視著美穗熟睡的孩子的模樣，我覺得兩人的子宮似乎也在共鳴。

由香里點點頭，忽然轉向我。

「惠子，妳還沒結婚嗎？」

「嗯，還沒。」

「咦，難道妳現在還在打工？」

我想了一下。妹妹向我解釋過，所以我知道這個年紀的人沒有正職工作也沒有結婚很奇怪，但也不好在知道事實的美穗和紗月面前撒謊，因此點點頭承認。

「嗯，對啊。」

聽到我的回答，由香里一臉困惑。

「我身體不是很好，所以現在還是打工啦。」

我急忙加以補充說明。

和家鄉的朋友見面時，我都宣稱因為宿疾，身體虛弱，所以一直在打工；對於職場，則說父母年邁多病，必須在家照顧。這兩個藉口是妹妹幫我想的。

二十五歲以前，因為這年紀的打工族並不稀罕，所以不怎麼需要解釋，但身邊幾乎每一個人都漸漸以就業或結婚的形式與社會接軌，現在兩頭都落空的，就只剩下我了。

我說我身體不好，但每天上班要站那麼久，大家內心似乎都在懷疑。

「我可以問個問題嗎？欸，惠子，妳談過戀愛嗎？」

紗月半帶玩笑地問。

「戀愛？」

「就是跟別人交往……我好像從來沒聽妳提過這類事情。」

「是啊，沒有。」

我不小心反射性地坦承。眾人都沉默了，她們面露困惑，彼此交換眼色。

啊，對了，妹妹以前教過我，像這種時候就該曖昧地回答：「唔，是有幾次感覺還不錯，可是我這人就是沒眼光。」暗示雖然沒有正式交往的經驗，但談過外遇之類不可告人的戀愛，還似乎有過肉體關係。

妹妹說，對於私人問題，只要模糊地回答，不用多加說明，對方就會自行腦補。

我真不該承認的……。

「惠子，我有不少同性戀的朋友，也不排斥同性戀，現在也有叫做……呃，無性戀者？很多那一類的嘛。」

美穗打圓場地說。

「對啊，聽說愈來愈多了。年輕人對談情說愛那些都沒什麼興趣。」

「我在電視上看到，說連要出櫃都很困難呢。」

我雖然沒有性經驗，但也沒有特別意識到自己的性傾向，只是對性愛漠不關心，並不曾為此煩惱。

然而，大家卻都以我正為此痛苦為前提，話題愈聊愈偏。

即便真是如此，也不一定就是大家說的那種簡單明瞭的苦惱，卻沒有人想到這一點。我覺得大家言外之意似乎在說：「這樣我們比較好懂，就當做是這樣好了。」

小時候用鏟子打男生時，大人也都毫無根據地責怪我的家人。

「一定是家庭有問題」，只要把我當成受虐兒，就有了合理的解釋，便可以安心，因此他們總是擺出一副「一定就是這樣沒錯，妳快點承認」的態度。

真麻煩，為什麼大家就這麼渴望安心？我納悶不解。

「唔……總之，我身體不好啦！」

我再次搬出妹妹叫我遇到困擾時，就拿出來當擋箭牌的金句。

「這樣啊！嗯，就是說啊，身體不好，會遇上很多困難呢。」

「妳好像病很久了，沒問題吧？」

好想快點去便利店，我心想。

在便利店，最重視的是身為工作成員之一，沒這麼複雜。與性別、年齡、國籍都無關，只要穿上同樣的制服，所有人就都成了「店員」這種均質的存在。

看看時鐘，下午三點，櫃檯應該結機完畢，也去銀行換過錢，貨運送來麵包和便當，開始上架了。即使分離，便利店和我還是緊緊相連。

我歷歷在目地想起遠處燦光洋溢的微笑超商日色町站前店的景象，以及充斥著店內的各種聲響，在膝上靜靜地撫摸為了打收銀機而剪短指甲的手。

❖

早上如果太早醒來，我會在前一站下車用走的。從公寓和餐廳林立的地點走向便利店的過程中，漸漸地周圍只剩下商業大樓。

那種世界緩慢死去的感覺很愜意，是與第一次誤闖這家店時相同的情景。清晨時分，只有西裝筆挺的上班族偶爾快步經過，幾乎看不到生物。

明明只有辦公大樓，然而在便利店工作，也會遇上貌似居民的顧客上門，我總是納悶他們究竟住在哪裡？漫不經心地揣想，我的「顧客」正沉睡在這個宛如佈滿蟬殼的世界某處。

入夜以後，便轉換為辦公大樓的燈光，呈現幾何學排列的景象。這裡的光也是無機質的，色彩均一，異於我居住的廉價公寓林立的景色。

對便利店店員來說，在店鋪附近走動，也是重要的資訊蒐集工作。如果附近餐廳推出便當，就會影響業績；若有新工程，就會多出在工地工作的顧客。

超商開幕第四年，附近的對手店倒閉時，我們簡直忙翻天了。

那裡的客人全部流到這裡來，中午的尖峰時段沒完沒了，只得加班。便當數量不夠，店長被總公司責罵疏於調查。我身為店員，為了避免這種情形，總是仔細地邊走邊觀察街道。

今天沒什麼特別重大的變化，但附近好像要蓋新大樓，所以落成以後，客人可能又會增加，我把這件事記在腦海。

抵達超商，買了三明治和茶，進入後場。今天剛上完大夜的店長蜷著汗濕的身體，正坐在店裡的電腦前輸入數字。

「早安！」

「啊，早啊，古倉。妳今天也來得好早。」

店長今年三十，男性，十分機敏俐落，嘴巴雖然刻薄，卻很勤奮，是這家店的第八任店長。

第二任店長愛蹺班；第四任店長很認真，熱愛打掃；第六任店長因為乖僻而沒人緣，曾經引發晚班員工同時辭職的風波；第八任店長算是人緣不錯，願意帶頭工作，看了讓人舒服；第七任店長人太懦弱，不敢管大夜人員，搞得整家店搖搖欲墜。所以看到第八任店長，我覺得嘴巴壞一點也沒關係，這樣反而比較好做事。

這十八年來，「店長」變換各種形態，始終待在店裡。雖然他們每個人都不同，但有時我會覺得他們加總起來，就是一整個生物。

第八任店長嗓門很大，後場總是迴蕩著他的聲音。

「啊，今天妳跟新人白羽一起上班。他昨天晚班實習過了，這是第一次上日班。多照顧他喔！」

「好！」

我朝氣十足地應話。

「啊，有妳在真令人放心。岩木真的要走了，這陣子得請妳跟泉還有菅原，加上生力軍白羽四個人顧日班了。加油喔！我暫時好像還是只能顧大夜了。」

店長馬不停蹄地繼續輸入數字，連點了幾下頭說道。

雖然語調完全不同，但店長也跟泉一樣，習慣拖著語尾說話。第八任店長是在泉之後進來的，或許是跟著泉學的，也有可能是泉吸收了店長的語調，語尾拉得更長了。

「好的，沒問題！希望新人快點進來呢。」

我一邊這麼想著，一邊用菅原的口吻點點頭說道。

「嗯，我是有在招募，或是叫晚班的問問看有沒有朋友要打工啦。日班因為有妳一週上五天，幫助很大。」

在人手不足的超商，有時「無可無不可，總之是個店員，待在店裡」，就會受到莫大的感謝。

比起泉或菅原，我算不上優秀，但論到不遲到不缺勤天天上班這一點，無人能及，因此被視為一個好零件。

這時，門外傳來細微的聲音。

「不好意思……」

「啊，白羽，進來進來。不是叫你三十分鐘前要到的嗎？你遲到了。」

聽到店長的聲音，門靜靜地打開，一名男子俯著頭走了進來。他可能足足有一八〇公分以上，高高瘦瘦的，活像個鐵絲衣架。

本身長得就像鐵絲，卻又戴了一副有如銀色鐵絲纏在臉上的眼鏡。服裝遵守店裡的規定，是白襯衫配黑長褲，但因為太瘦了，襯衫尺寸不合，手腕露了出來，腰部卻擠出不自然的皺褶。

「幸會！我是日班人員古倉，請多指教！」

我瞬間被白羽那副皮包骨的模樣給嚇了一跳，但立刻行禮說道。這語調可能比較接近店長。

「哦……」

白羽對我的高音量露出畏怯的表情，含糊地應了聲。

「喂，白羽，你也跟人家回禮啊！第一印象最重要，好好打招呼。」

「哦……早……」

白羽模糊地小聲說。

「實習也結束了，今天你就是日班的一員了。收銀、打掃和基本的熱食做法都已經教過你了，但還有很多非學不可的事。她叫古倉，從這家店開幕以來，就一直是這裡的工作人員，有什麼問題都可以請教她。」

「哦……」

「十八年呢，她在這裡做了十八年。哈哈，嚇到了吧！白羽，她可是你的超級大前輩。」

聽到店長的話，白羽露出詫異的表情。

「咦……？」

他深陷的眼睛似乎陷得更裡面了。

我正不知該如何化解這尷尬的氣氛，這時辦公室門猛地打開，菅原現身了。

「早安！」

揹著樂器盒進入後場的菅原注意到白羽，聲音明朗地打招呼。

「啊，是新人！請多指教。」

菅原的聲音在換成第八任店長以後變得更大聲。正當我覺得有點毛，不知不覺間，菅原和白羽都整理好儀容了。

「啊，那今天就由我來主持朝會。」店長說。

「那麼，今天的通知事項。首先，白羽結束實習，從今天開始上九點到五點的班。白羽，聲音一定要有朝氣，好好加油！有不懂的地方就問這兩位前輩，她們兩人都是老鳥了。要是可以，今天中午的尖峰時段你就去站收銀吧。」

「哦，好……」

白羽點點頭回應道。

「還有，今天熱狗在特價，要努力推銷。目標一百支！上次的特價檔期賣了八十三支，一定可以達標。要大力推銷喔！古倉，拜託了！」

「好！」

我朝氣十足地大聲回答。

「總之，店內的體感溫度很重要。今天和昨天的溫差也很大，冰的東西會賣得不錯，如果飲料少了，要注意隨時補充。促銷話術就是熱狗特價和新商品的甜點芒果布丁吧！」

「好的！」

菅原也咬字清晰地回答。

「那，要交代的大概就這些了，現在一起唸六大待客用語和誓詞。來，跟著我一起說！」

我們大聲跟著店長的大嗓門複誦。

「『我們發誓，要提供顧客最高品質的服務，成為當地顧客熱愛光顧的商店！』」

「我們發誓，要提供顧客最高品質的服務，成為當地顧客熱愛光顧的商店！」

「『歡迎光臨！』」

「歡迎光臨！」

「『沒問題！』」

「沒問題！」

「『謝謝惠顧！』」

「謝謝惠顧！」

三個人的聲音重疊在一起。

「……感覺好宗教。」

正當我心想因為有店長在，朝會果然特別來勁時，便聽見白羽低聲喃喃道。

沒錯，我反射性地在內心回答。

接下來，我們將要變成「店員」了，是為便利店而存在的生物。

白羽好像還不習慣，只是嘴巴跟著開合，幾乎沒有出聲。

「朝會結束。今天也要好好加油！」

「好！」

聽到店長的話，我和菅原異口同聲地回答。

「那，有不懂的地方都儘管問。請多指教！」

我轉向白羽說。

「嗄！不懂的地方？便利店打工能有什麼不懂的？」

白羽卻冷笑說道。

他嗤之以鼻，笑的時候鼻子發出「噗」的聲音，我看見鼻涕在他的鼻孔形成水膜。

我關注著那水膜何時會破裂，並訝異原來白羽那乾燥得像紙做的皮膚內側，也有可以形成水膜的水分。

「我沒問題。大概都知道了。」

白羽小聲而急促地說。

「啊，難道你在便利店做過？」菅原疑惑問道。

「咦？不，才不是。」

白羽小聲回答。

「嗳，總之還有很多事情要學。那，古倉，從拉排面開始，麻煩妳帶他了。我要下班回去睡了。」店長說道。

「好！」

「那我去站收銀。」

菅原一邊跑出去一邊說。

「那，先從拉排面開始。鋁箔包飲料早上賣得特別好，所以貨架要維持整齊。拉排面的時候，要順便檢查標價卡有沒有在上面。還有，工作的時候也別忘了待客用語和打招呼。如果顧客要挑選商品，要立刻讓開，不可以妨礙顧客購物喔！」

我把白羽帶去鋁箔包飲料區，用從菅原那裡學來的語氣對他說道。

「好、好。」

白羽慵懶地應聲，便開始進行鋁箔包飲料區的拉排面。

「結束之後我再教你打掃，喊我一聲。」

白羽沒有應話，只是默默地工作。

我站了一下收銀，消化早晨尖峰的隊伍後過去一看，卻不見白羽的人影。鋁箔包飲料區的商品亂成一團，應該放柳橙汁的地方擺著牛奶。

我去找白羽，看見他正以慵懶的動作翻閱後場的工作手冊。

「怎麼了？有什麼不懂的地方嗎？」

「沒有啦，這類連鎖商店的工作手冊，怎麼講，散漫無章，編得很爛呢。我覺得得先從這些細節開始做好，社會才有辦法改善。」

白羽翻著手冊，用賣關子的口氣說。

「白羽，我剛才拜託你拉排面，你還沒做好嗎？」

「咦，我弄好啦？」

白羽還在看手冊。

「白羽，比起看手冊，先做好拉排面。拉排面和待客用語，是基本中的基本！如果你不會，我陪你一起做！」

我走過去活力十足地說道。

我把懶洋洋的白羽再次帶到鋁箔包飲料區，一邊說明，一邊動手示範，重新把商品排好排滿。

「像這樣，把商品的正面對著顧客排好。還有，不要隨便移動位置，這邊固定放蔬果汁、這邊是豆漿……」

「這種工作違反男性本能。」

白羽喃喃說。

「從繩文時代*3開始就是這樣啊。男人外出打獵，女人顧家，採集果實野草等待男人回來。從大腦的功能來看，這種工作比較適合女人。」

*注3：日本的舊石器時代，約一萬五千年前至二三〇〇年前。

「白羽，現在是21世紀了。超商店員不分男女，都一樣是店員。啊，後場有庫存，順便一起學怎麼補冰箱吧！」

我從走入式冷藏櫃搬出庫存，向白羽說明如何陳列，然後匆匆趕回去做自己的工作。

「那個人是不是怪怪的？實習結束，今天是第一天上班吧？連站收銀都不會，居然就說要訂貨！」

抱著要補的熱狗走到收銀台一看，正在補咖啡機豆子的菅原皺起眉頭看著我說道。

「咦？」

我覺得不管方向性如何，有幹勁就是好事。

「古倉，妳都不會生氣呢。」

菅原抬起圓滾滾的臉頰微笑說著。

「咦？」

「沒有啦，我覺得妳很了不起。那種人我真的不行，看了就不耐煩。可是喏，雖然妳會陪著我跟泉一起生氣，但基本上不會主動埋怨什麼，對吧？我從來沒看過妳對討厭的新人發火。」

我一陣心驚，總覺得自己被戳破是個假貨。

「……才沒有，我只是沒有表現出來而已。」

急忙裝出表情說道。

「咦，真的嗎？要是挨妳的罵，感覺一定會大受打擊的。」

菅原朗聲大笑。

面對放鬆下來的菅原，我付出萬全的注意字斟句酌，操作著臉部肌肉。

這時傳來購物籃放到櫃檯的聲音，我迅速回頭，那裡站著拄著拐杖的常客婦人。

「歡迎光臨！」

我活力十足地掃描條碼。

「這裡一點都沒變呢。」

婦人瞇起眼睛說道。

「是啊！」

隔了一拍，我才回答。

不管是店長、店員、免洗筷、湯匙、制服、零錢、掃描過的牛奶和雞蛋、裝這些商品的塑膠袋，店裡幾乎沒有開幕當時的事物了。

雖然一直存在，卻一點一滴地不斷替換。或許這就是「不變」，我這麼想。

「總共三九〇圓！」
我大聲對著婦人說。

❖

打工休假的星期五，我前往妹妹居住的橫濱住宅區。
妹妹住在新興住宅區站前的嶄新公寓，妹夫在電力公司任職，大多數的日子都坐末班電車回家。
公寓並不寬敞，但嶄新漂亮，打理得頗為舒適。
「姊，快進來。悠太郎在睡覺。」
「打擾了。」
聽到妹妹這麼說，我仍小聲地回應，接著躡手躡腳地進了公寓。外甥出生以後，這是我第一次拜訪妹妹家。

「顧小孩怎麼樣？果然很累嗎？」

「累歸累，不過稍微習慣了。他現在晚上肯睡覺了，穩定不少。」

外甥已經膨脹成像人的外形，頭髮也長出來了，與在醫院隔著玻璃看到的樣子相比，宛如不同的生物。

我喝紅茶，妹妹喝無咖啡因的南非茶，一起吃著我帶來的蛋糕。

「真好吃。因為要顧悠太郎，很難出門，一直沒機會吃到這類甜點。」

「太好了。」

「每次姊給我吃的，我都會想起小時候。」

妹妹有些害臊地笑道。

外甥睡著了，用食指摸摸他的臉頰，有種奇妙的柔軟觸感，就好像在摸水泡。

「看著悠太郎，就會覺得人果然是動物。」

妹妹開心地說。

外甥身體較虛弱，動不動就發燒，所以妹妹必須無時無刻守著他。即使知道嬰兒常會這樣，不是什麼大事，但嬰兒一發起高燒，做母親的似乎還是會忍不住焦急。

「姊姊怎麼樣？打工順利嗎？」

「嗯，還不錯。啊，對了，上次我回老家跟美穗她們小聚。」

「咦，姊又回去了？真好。多來看看妳的外甥嘛。」

妹妹笑著說道。

但是對我來說，不管是美穗的小孩還是外甥，看起來都一樣，我不懂為何非得要特地來看不可。不過這邊的嬰兒，應該是我必須更重視的嬰兒。

對我來說他們就像野貓，即使有細微的不同，看起來全都是叫做「嬰兒」的同一種動物。

「啊，對了，麻美，有沒有更好一點的藉口？最近只說身體不好，別人也會露出奇怪的表情。」

「……唔，我再幫妳想想看。不過，妳確實是在復健當中，所以說身體不好，也並非全是藉口或騙人啊。所以妳大可以正大光明這麼說。」

「可是，如果那些自以為不奇怪的人覺得我奇怪，就會問東問西啊。如果有什麼藉口，就可以避開這些麻煩，方便多了。」

每個人都認為自己有權干涉他們認為古怪的事物，打破沙鍋問到底。

那對我來說是一種麻煩，而且他們既傲慢又煩人。有時候他們實在太煩了，我甚至會想要像小學的時候那樣，拿鏟子敲他們，讓他們閉嘴。

我想起之前曾不經意地這麼告訴妹妹，害她差點哭出來，因此還是沒有說出口。我並不想害從小就對我好的妹妹傷心，便轉為提起較光明面的話題。

「啊，這麼說來，許久沒跟由香里見面，她說我氣質變好多。」

「嗯，姊姊確實跟之前不太一樣。」

「是嗎？啊，可是妳也不一樣了，感覺比之前更大人一些了。」

「什麼？我早就是大人了啊。」

眼角擠出皺紋的妹妹，說話的語氣比之前更穩重，服裝色系也變得單調了。我心想，或許現在妹妹身邊多是這類型的人。

嬰兒哭起來了，妹妹連忙哄嬰兒，試著要他安靜下來。

我看著桌上切蛋糕的小刀子，心想：**如果只是要他安靜，一點都不難，妹妹真辛苦**。妹妹拚命地抱緊嬰兒，我望著這一幕，抹了抹沾到奶油的嘴唇。

❖

隔天早上上班時，店內異於平時，氣氛緊張。

一進自動門旁邊的地方，有個男性常客正害怕地看著雜誌區；總是來買咖啡的女客人快步與我擦身而過，離開店裡；還有兩名男客人在麵包賣場前竊竊私語。

到底是怎麼了？我循著顧客的視線望去，發現眾人都在看一個穿著皺巴巴西裝的中年男子，他在店內走來走去，對許多客人搭訕。仔細聽他所說的話，似乎是在警告客人。

「喂！你，不要把地板弄髒！」

他扯著尖嗓對鞋子髒兮兮的男客人喊。

「啊，不要弄亂啦！好不容易才排整齊的！」

然後又對著正在挑選巧克力的女客人叫。

眾人都不知所措地遠遠圍觀，深怕下一個被他盯上。

等待結帳的人很多，店長正在處理高爾夫球具的宅配，抽不開身，達特拚命在打收銀機，櫃檯前形成隊伍。

「喂，好好靠牆排成一列。」

男子靠近排歪的客人說道。

排隊的上班族儘管覺得害怕，但早上實在太忙，只想快點買完東西，似乎決心徹底忽略那名男子，看也不看他。

我急忙進入後場，從置物櫃取出制服，邊換衣服邊看監視器畫面，發現男子這次走到雜誌賣場，對正在翻閱雜誌的其他客人大聲警告。

「看什麼白書！喂，要看就花錢買！」

被警告的年輕人不爽地瞪著男子。

「這傢伙是誰啊？員工嗎？」

年輕人詢問努力打收銀機的達特。

「不，呃，是客人。」

達特一邊結帳，一邊不知所措地回答。

「什麼啦，根本就不是店裡的人嘛。你搞什麼啊？有什麼資格說三道四的？」

年輕人頂撞中年男子叫喊著。

發生糾紛時，必須迅速交給正職員工處理。我依照這項規定，火速換好制服，前往櫃檯，說了聲：「店長麻煩了」便接手收銀。

「哇，太好了，謝謝！」

店長小聲地說完，隨即跑出櫃檯，衝進男客人與年輕人之間。

我將宅配收據遞給客人，眼角關注著會不會在店內發生鬥毆，若發生這類情況，就必須立刻按下警鈴。

很快地，店長似乎已經妥善處理好，中年男子嘴裡嘀嘀咕咕地離開了。

四周都鬆了一口氣，店內回到平時的早晨氛圍。

這裡是一個被強制正常化的場所，一旦有異物入侵立刻就會遭到排除。

原本充斥店內的危險空氣被驅逐了，店內顧客恍若無事，開始專心購買平常的麵包和咖啡。

「啊，多虧妳幫了大忙，古倉。」

消化結帳隊伍，回到後場時，店長說道。

「不會，幸好沒有發生糾紛！」

「那個客人是怎麼搞的？從來沒看過他。」

「出了什麼事？」

泉已經在後場了，她詢問店長。

「沒事，剛才有個奇怪的客人在店裡走來走去，警告其他客人。幸好沒鬧出事情就離開了。」
「咦，怎麼回事？常客嗎？」
「不是，是第一次看到的人，所以才覺得莫名其妙，感覺也不像是要找店裡的麻煩。總之，如果他再來，立刻連絡我。萬一他和其他客人吵起來就糟了。」
「好的，我知道了。」
「那我先下班了。今天又要上大夜。」
「辛苦了。啊，對了，店長，下次你可以電一下白羽嗎？他很愛偷懶，我叫他都叫不動。」
泉幾乎就像正職，也會和店長討論兼職人員的問題。
「那傢伙真的很糟糕。面試的時候我就有不好的預感，他還口氣不屑地說什麼：『便利店打工喔？』既然瞧不起便利店，幹嘛來這裡工作啊？可是嗳，雖然因為人手不足而錄取了他，不過那死禿子，真的非得狠狠說他一頓才會學乖吧。」

「而且他經常遲到，今天也是九點的班，人卻還沒有來。」

泉板起臉孔說。

「記得他三十五歲，對吧？都這把年紀了，還在便利店打工，根本完蛋了吧？」

「人生無望了，沒救了，是社會的累贅。人呢，就必須透過工作還是家庭隸屬於社會，這是義務。」

「不過，像古倉是因為家庭的關係，情有可原，對吧？」

泉用力點頭同意，忽然驚覺，戳著店長說道。

「啊，對啊對啊，古倉是不得已嘛。而且男女不一樣嘛。」

店長也急忙說。

我還沒回話，話題已經轉回白羽身上了。

「相較之下，白羽真的沒救了。那傢伙還會在站收銀的時候玩手機吔。」

「啊，我也看到過。」

「咦？在工作的時候嗎？」

聽到兩人的對話，我驚訝地反問。

工作時不能帶著手機，這是基本規定，我無法理解為何連這麼簡單的規定都無法遵守。

「我不在店裡的時候，不是都會稍微看一下監視器畫面嗎？白羽是新人，我好奇他表現如何？看了一下，發現他表面上裝得還算勤奮，但其實好像很會偷懶呢。」

「抱歉我都沒發現。」

「不不不，古倉妳不需要道歉。古倉，妳最近待客用語特別認真呢！光看監視器畫面，也看得出妳很努力。真了不起！古倉每天都來上班，卻從不鬆懈。」

第八任店長即使不在店面，也確實留意到我無時無刻不斷地在對「便利店」祈禱。

「謝謝店長！」

我用力欠身行禮。這時門打開來，白羽默不吭聲地走了進來。

「……啊，早。」

白羽沒勁地小聲說。

他的白襯衫底下透出吊帶來，因為體型乾巴巴的，所以褲頭會往下滑吧。看看他的手，似乎也是皮包骨，我納悶那麼細小的身體裡面怎麼容納得下內臟？

「白羽，你又遲到了！得在五分鐘前穿好制服，參加朝會。還有，要確實道早。打開辦公室門的時候，要朝氣十足地打招呼。另外，除了休息時間以外，禁止滑手機。你把手機帶到櫃檯，對吧？我都看到了。」

「啊……哦，對不起……」白羽顯而易見地狼狽萬分。「呃，是在說昨天對吧？古倉，妳看到了？」

白羽似乎懷疑是我告的狀，我搖頭說不是。

「監視器啦！我上大夜的時候也會查看日班的工作狀況。雖然我沒有好好跟你說過禁止用手機的規則，可是上班時間就是不可以用手機。」

店長開口說道。

「呃，哦，我之前不知道，抱歉……」

「嗯，從今天開始，絕對不可以再這樣。啊，泉，妳可以去一下外面嗎？端架差不多該換上中元禮品促銷了，這次我想布置得花俏一些。」

「啊，好。禮品的樣品已經送來了吧！我來幫忙。」

「我想在今天弄完，可是得把架子的高度全部調過。下層也想放夏季雜貨，所以想再加一層。啊，古倉和白羽，你們可以自己開朝會嗎？我們先去處理那邊。」

「好！」

店長和泉離開後場，白羽輕咂了一下舌頭。

「切，便利店店長跩個什麼勁？」

白羽不屑地說，我不經意地朝他望去。

我因為在便利店工作，經常被人瞧不起，但我覺得很有意思，頗喜歡觀察瞧不起我的人是什麼表情。因為會覺得：**啊，是人。**

也有一些人明明自己就是做這行的，卻歧視這個職業。我忍不住望向白羽的臉。

正在鄙視什麼的人，眼睛的形狀會變得特別有趣。有時會散發出對反駁的畏怯和警戒，或是遇到反抗不惜一戰的好鬥光芒；而若是無意識的輕蔑，有時眼珠子還會罩上一層水膜，浸泡在混合了優越感的恍惚快感所形成的液體中。

我注視著白羽的眼睛，形狀很單純，只有純粹的歧視。

也許是察覺到我的視線，白羽開口了。牙根泛黃，有些地方黑黑的，或許很久沒看牙醫了。

「神氣兮兮的，受雇在這種小不拉嘰的便利店當店長，根本就是人生失敗組。他媽的，賤民在那裡囂張個什麼勁……」

光看字面很偏激，但他只是小小聲地呢喃，沒什麼歇斯底里的感覺。

據我觀察，歧視別人的人有兩種：一種是內在有著歧視衝動和欲望的人，以及不經思考便賣弄從別處聽來的話，滿口歧視詞彙的人。看來白羽是後者。

「這家店真的只有賤民。雖然便利店都半斤八兩，不過，這裡只有老公賺太少的主婦跟未來毫無規劃的打工族，就算是大學生，也是找不到家教這類高薪工讀的學店大學生，剩下的就是外勞，真的全是些賤民。」

白羽不時口吃，連珠炮似地不停嘰咕。

「原來如此。」

他跟我好像。雖然嘴巴說著像人的話，實際上卻是什麼也沒說。看來白羽很喜歡「賤民」這個詞，在這麼短的時間內，他就說了三次。

我隨便向白羽點了點頭，想起菅原形容的白羽：「明明只想摸魚，卻會找一堆天花亂墜的藉口，所以更教人噁心。」

「白羽，你怎麼會在這裡工作？」

我想到這個單純的問題，便提出來一問。

「找結婚對象啊。」

白羽若無其事地應道。

「咦！」

我驚叫了起來。至今為止，我聽說過因為離家近、感覺很輕鬆等打工理由，但這還是頭一次聽到有人為了找結婚對象而到便利店工作的。

「不過，真是挑錯地方了，根本沒一個能看的。年輕的全是些看起來貪玩的，剩下的都是歐巴桑。」

「也是，便利店有很多打工學生，沒什麼適婚年齡的人。」

「客人倒是不少還過得去的，但就是一堆眼睛長在頭頂的女人。這一帶都是大公司，在那種地方工作的女人，每一個都盛氣凌人。不行。」

白羽不知道是在對誰說話，看著牆上「達成中元禮盒業績」的海報，嘴巴動個不停。

「那些女人只會對自己公司的男人擠眉弄眼，對我不屑一顧。不過女人這種生物，從繩文時代就是這副德行。村子裡年輕可愛的女孩，會一個個被強壯會打獵的男人占去，強壯的基因會流傳下去，沒人要的只能同病相憐。現代社會根本是一場幻想，我們生活的世界跟繩文時代沒什麼兩樣。而且說什麼男女平等，其實……」

「白羽，差不多該換制服了，不快點進行朝會就來不及了。」

我對開始說起客人壞話的白羽說道。

他冷淡地提著背包去置物櫃，一邊把東西塞進置物櫃裡，又一個人喃喃自語了起來。

看著白羽，我想起剛才被店長趕出去的中年男子。

「呃……可以修好的。」

「咦？」

可能是沒聽清楚，白羽反問。

「不，沒事。換好衣服，快點開朝會吧。」

——**便利店是強制正常化的場所，所以你很快就會被修好的。**

我沒有說出口，只注視著拖拖拉拉換衣服的白羽。
星期一早上進店裡一看，班表上打了個紅叉，白羽的名字不見了。我以為他臨時請假，結果上班時間一到，現身的是應該休假的泉。
「早安！啊，店長，白羽怎麼了？」我問道。
「哦，白羽喔……」
剛上完大夜的店長走進後場，他和泉對看一眼，兩人苦笑。
「昨天我跟他面談了一下，他不會再排班了。」
店長若無其事地說，果然不出我所料。
「偷懶、偷吃報廢品，這些雖然不行，但還可以睜隻眼閉隻眼。可是有個女客人，喏，常來的那個，之前來拿忘記的陽傘的小姐，白羽好像對她做出類似跟蹤狂的行為，像是用手機偷拍她宅配單上的電話號碼，想要問出她家地址。泉發現了，我也馬上調閱監視器畫面，跟他面談，叫他辭職了。」

真傻，我心想。雖然有些店員會稍微違規，但很少聽到這麼誇張的，沒被扭送警局，算他好運。

「那傢伙從一開始就很怪。他還任意調出店員的連絡資料，打電話給晚班的女生，甚至在後場堵人家，想要跟她一起回家。連已婚的泉都想約吔。怎麼不把這份熱忱拿來用在工作上？古倉也很討厭他，對吧？」店長繼續說道。

「他真的有夠噁心的，那種人根本是變態。追不到店員就騷擾顧客，真的爛透了。真希望他被警察抓走。」

泉皺起眉頭附和。

「呃，還沒到那種地步啦。」店長說。

「那是犯罪。那種人根本是犯罪者，最好快點被關起來。」

儘管嘴上埋怨，店裡的氣氛卻是鬆了一口氣。

白羽消失，店內恢復成他來之前的和平，可能是因為麻煩精不在而輕鬆了，每個人都變得異常地開朗、饒舌。

「坦白說，我看到他就討厭，寧願人手不足也不想跟他一起工作。」

來上班的菅原聽到這件事時笑道。

「那個人真的有夠差勁的。滿口藉口，警告他不要偷懶，就突然說起什麼繩文時代，神經病啊！」

聽到菅原的話，泉噗嗤一聲笑了出來。

「對對對，他真的很噁心，整天說些莫名其妙的話。拜託不要錄取那種的好嗎？店長。」

「呃，可是人手不足嘛。」

「那種年紀還被便利店開除，真的沒救了。希望他就那樣死在路邊算了。」

眾人大笑，我也點頭附和。

「就是說啊！」

同時心想，等我變成異物的時候，也會像這樣遭到排除。

「得再找個新人才行。開始徵人吧！」

就這樣，便利店又更換了一個細胞。

比平常更有活力的朝會結束後，我正要去站收銀，看見拄拐杖的常客老婦人想要拿取下層商品，彎著腰似乎快跌倒了。

「我來幫您拿。是這個嗎？」

我迅速拿起草莓果醬詢問。婦人微笑道謝，我替她把購物籃提到櫃檯。

「這裡真的都不會變呢。」

婦人取出錢包，今天又說了一樣的話。

今天有個人從這裡消失了。我沒有這麼回答，而是說了聲：「謝謝」，便開始掃描商品。

我將眼前的顧客與十八年前第一次站收銀時遇到的老婦人重疊在一起。那名老婦人也是拄著拐杖，每天光臨，但不知不覺間再也沒有看到她。也許是身體變得更差，或是搬家了，我們無從得知。

但我確實反覆經歷著與那天相同的情景。

自那天以後，我們迎接了六六〇七次相同的早晨。

我小心翼翼地把雞蛋——與昨天賣出去的一樣，但是不同顆的雞蛋——放進購物袋裡。「顧客」把和昨天一樣的筷子，放進一樣的購物袋，和昨天一樣收下找錢，在與昨天一樣的早晨微笑著。

❖

美穗連絡說要舉辦烤肉，下星期日早上在她家集合，我和她約好上午幫忙買東西。

手機響了，一看，是老家打來的。

『惠子，明天妳要跟朋友去美穗家對吧？可不可以順便回家一趟？妳爸很想妳。』

「呃，可能沒辦法吔。隔天要打工，我得趕快回來休息。」

『這樣啊，好可惜……妳過年也沒回來。最近找個時間回家看看吧。』

「嗯。」

今年過年因為人手不足，我從元旦就開始上班。便利店是一年三百六十五天營業，但過年期間不是主婦兼職人員沒法來，就是外國留學生回國，總是人手不足。我一直想回老家看看，但看到店裡缺人，還是忍不住選擇上班。

『那妳過得好嗎？妳每天工作都得站很久，一定很累吧？最近怎麼樣？有沒有什麼變化？』

母親探詢的話語，讓我覺得她似乎在期待某些改變。對於十八年來毫無變化的我，母親或許有些累了。

我說沒什麼變化，母親既像放心又像失望地應了聲：『這樣啊。』

掛斷電話後，我不經意地望向鏡中的自己。與重生為便利店店員的時候相比，我變老了，但這並不會讓我不安，比以前更容易累，也是事實。

我想過萬一我真的老了，沒辦法繼續在便利店工作，會怎麼樣？第六任店長就是因為腰傷無法繼續工作，才辭職的。為了不像他那樣，我的身體必須為了便利店而永遠健康下去。

隔天我依照約定，上午幫忙採買，把東西帶到美穗家準備。中午時分，美穗的丈夫、紗月的丈夫、住在較遠地方的朋友們也都來了，懷念的臉孔齊聚一堂。

這十四、五人當中，沒結婚的除了我以外，就只有兩個人。因為不全是攜伴參加，所以我完全不以為意。

「我們有點難堪呢。」

沒結婚的美紀附耳對我說道。

「真的好久不見了！上次見面是什麼時候？賞花的時候？」

「我也是耶！從那次賞花以後就一直沒返鄉。」

「欸，大家現在都在做些什麼呢？」

因為有幾個許久未返鄉的朋友，所以每個人輪流述說近況。

「我現在住在橫濱，公司在那附近。」

「啊，妳換工作了？」

「對啊！現在在服飾公司上班。之前的職場，人際關係有點……」

「我結婚了，現在搬到埼玉，工作還是一樣。」

「我就像大家看到的，有了小鬼頭，現在正請育嬰假。」

由香里說完，輪到我了。

「我在便利店打工，因為我身體不太……」

我正要像平常那樣，補上妹妹幫我想的藉口。

「啊，兼職嗎？妳結婚了啊！什麼時候結的？」

愛里搶先身子往前探，理所當然地問。

「沒有，我沒有結婚。」我回應道。

「呃，咦？可是妳在打工？」

麻美子困惑地反問。

「嗯，呃，我身體不是很好……」

「對啊，惠子身體不好，所以只能打工。」

美穗幫我說話，十分感謝替我說出藉口的她。

「咦，可是便利店要站一整天吧？妳不是身體不好嗎？」

由香里的先生訝異地問道。

我跟他是第一次見面，他卻也那樣探出身體、眉心打結地質疑我的存在？

「呃，我沒做過其他工作，所以不管在體力還是精神上，在便利店工作都比較輕鬆。」

聽到我的說明，由香里的先生露出見鬼似的表情看著我。

「咦？妳一直在便利店打工……？呃，就算現在工作不好找，起碼也該結個婚吧？現在喏，不是有網路交友什麼的，管道很多啊。」

我望著由香里的先生激動發言，把口水噴到烤肉上的樣子，心想：說話的時候，最好不要把身體探到食物前面。

「是啊，誰都可以，趕快找個對象結婚怎麼樣呢？這對女人容易多了，要是換成男人可就糟糕了。」

這時，美穗的先生也用力點頭說道。

「誰來介紹一下吧！洋司，你不是人面超廣的嗎？」

「對啊，對啊！」

「有沒有合適的人選？」

聽到紗月的話，詩帆等人也興沖沖地說。

美穗的老公附耳對美穗不知說了什麼，接著苦笑。

「啊，可是我的朋友都結婚了，沒辦法介紹啦。」

「加入婚友網站怎麼樣？對了，現在就來拍張徵婚照吧。聽說比起自拍照，像今天這樣的烤肉會、跟朋友在一起的合照，更可以博得好感，收到來信喔！」

「真的嗎？好啊好啊，來拍照吧！」美穗說。

「對啊，這是個大好機會。」

由香里的先生憋著笑說。

「大好機會……這樣做有什麼好處嗎？」

我單純地感到疑惑。

「呃，愈快愈好吧！這樣下去怎麼行。坦白說，妳自己也很急吧！等到人老珠黃，喏，就後悔莫及囉！」

美穗的先生露出困惑的樣子說。

「這樣下去怎麼行……呃，我這樣子不行嗎？為什麼呢？」

「我的天。」

我只是純粹地感到疑問，卻聽見美穗的先生悄聲喃喃道。

「我也是很急，可是經常得去國外出差……」

同樣單身的美紀輕鬆地說明自己的處境。

「啊，美紀的工作很厲害吔。賺得比男人還要多，到了美紀這種水準，就很難找到匹配得上的對象囉。」

美紀的處境卻得到由香里的老公支持。

「啊，肉熟了！」

美穗打圓場似地喊道。

眾人似乎鬆了一口氣，開始夾肉，大口咬上沾滿由香里先生口水的肉片。

待我一回神，就像小學那時候一樣，眾人都有些疏遠我，把身子轉開，眼睛卻帶著好奇，就像觀察某種可怕生物似地望著這裡。

啊，我變成異物了。我茫茫然地想。

我想起被迫辭職的白羽。下一個就輪到我了嗎？

正常的世界極度高壓，異物會靜靜地被剔除，不正常的人會被逐一處理掉。

這樣啊，所以才非得修好不可；如果修不好，就會被正常的人給剔除。

我好像總算明白，為何家人會那樣努力試圖治好我了。

我毫無來由地想聽聽便利店的聲音，從美穗家回去的路上，傍晚到店裡露了一下臉。

「啊，古倉姐，怎麼了嗎？」

晚班的打工女高中生正在打掃，注意到我，露出笑容。

「古倉姐，妳今天不是休假嗎？」

「嗯，對，我回去老家一趟。不過，想說過來處理一下訂貨好了……」

「咦，這麼熱心工作，真了不起。」

提前上班的店長在後場。

「店長，你接下來要上大夜嗎？」

「啊，古倉，怎麼了嗎？」

「事情辦完，剛好經過附近，想說輸一下訂貨的數字……」

「啊，是要叫貨訂甜點嗎？我剛才輸完了吔，不過妳可以再修改。」

「謝謝。」

店長的臉色很糟，或許是睡眠不足。

我操作店裡的電腦，開始訂貨。

「大夜班怎麼樣？招得到人嗎？」

「哎呀，不行吔。有個人來面試，被我刷掉了。才剛發生過白羽的事，下次得雇個能用的人才行。」

店長經常把「有用」掛在嘴邊，我不禁思考自己有沒有用？或許我工作，就是想要當一個有用的工具吧。

「來應徵的是怎樣的人呢？」

「哦，人是不錯啦，只是年紀有點……。那個人是屆齡退休，說他因為腰不好，才剛辭掉上一份工作。然後說如果錄取，腰不舒服的時候也想要休息。我覺得如果可以預先安排的話也就罷了，但與其像這樣臨時請假，我還情願自己繼續上大夜。」

「這樣啊。」

肉體勞動一旦身體不好，就「沒用」了。不管再怎麼認真努力，如果上了年紀，或許在這家超商，我也會變成沒用的零件。

「啊，古倉，這個星期日妳可以幫忙代下午的班嗎？菅原要開演唱會，不能上班。」

「好的，沒問題。」

「真的嗎？啊，真是太好了！」

現在的我還是個「有用」的工具。

「不會，我想多賺點錢，可以加班反而很開心呢！」

我內心同時懷抱著安心與不安，用菅原的口吻微笑說道。

❖

我是碰巧注意到店外的白羽。

晚上，無人的商業區角落有一條突出的影子，我回想起小時候玩的殘影遊戲*4，揉了揉眼睛，靠近一看，發現是白羽鬼鬼祟祟地彎身躲在大樓後面。

白羽似乎在堵那位他想要知道住址的女客人。我想起之前店長提過，那名女客人總是在下班後到店裡買果乾，所以白羽都會在後場一直拖拖拉拉地賴到這個時間。

「白羽，你這樣真的會被叫警察喔。」

我偷偷摸摸地繞到白羽背後對他說。白羽的身體猛烈地一震，反應之大，甚至嚇到我了。然後他回頭發現是我，皺起眉頭。

「什麼啊……原來是古倉。」

「你在埋伏人家？騷擾顧客，是店員大忌中的大忌吧。」

「我已經不是超商店員了。」

「身為店員，我不能視而不見。店長也嚴重警告過你了吧！店長人在店裡，我要去叫他喔。」

「那種賤民畜牲能做什麼？我不認為我的行為哪裡有錯。看到中意的女人就應該要緊迫盯人並設法得到，這不是自古以來的男女傳統嗎？」

也許是對我就敢強勢，白羽挺直了身體俯視我說道。

「白羽，你之前不是說，只有強壯的男人才能得到女人嗎？前後矛盾。」

「沒錯，我現在是沒工作，但我有願景。只要創業，馬上就會有一堆女人對我投懷送抱。」

「那你就應該先創業，再從真的對你投懷送抱的女人當中挑

＊注4：一種日本兒童遊戲。在晴天的時候，背對太陽用力凝視自己的影子，努力不眨眼睛，直接轉向藍天，就可以在天上看見自己白色的人影。

選，才是道理吧？」
白羽尷尬地垂頭。
「總之，只是大家都沒有發現，現代跟繩文時代其實沒什麼兩樣，人說穿了就是動物。」
「要我來說，這是個功能失調的世界，因為這個世界太不完整，我才會遭受到不當的對待。」
白羽又牛頭不對馬嘴地補充說道。
我覺得或許他說的沒錯，也覺得無法想像完美發揮功能的世界是什麼樣子。我漸漸不明白「世界」是什麼了，甚至覺得那只是一個虛構的東西。
白羽看著沉默的我，突然摀住臉，我以為他要打噴嚏，便站到一邊，結果卻看見水滴從指間淌了下來，這才發現他好像哭了。

要是被客人看見就糟了。

「總之，找個地方坐吧！」

我抓住白羽的手臂說道，接著把他帶去附近的家庭餐廳。

「這個世界無法容忍異物，這一直讓我痛苦萬分。」

白羽喝著用飲料吧茶包所泡的茉莉花茶說道。

茉莉花茶是我替一動也不動的他泡的，他一直默默坐著不動，所以我端了茶放到他前面，他也沒道謝，逕自喝了起來。

「非要每個人都腳步一致才行。為什麼都三十五歲了還在打工？為什麼連一次戀愛都沒有談過？還大剌剌地問你有沒有性經驗？甚至笑著說：『啊，找小姐不算數喔！』我又沒有給誰添麻煩，只因為是少數弱勢，每個人都輕而易舉地強暴我的人生！」

要說的話，我覺得白羽只差一步就是性犯罪者了。看見他毫不考慮地以被他找麻煩的打工女生和女客人為例，滿不在乎地使用「強暴」這兩個字，只為了比喻自己的苦。總覺得他這個人充滿了被害意識，完全沒有反思過自己可能也是加害者。

我甚至懷疑自憐自艾可能是白羽的癖好。

「這樣喔，好辛苦。」

我隨口漫應著。

我自己也有類似的困擾，但沒有特別想要保護的事物，所以不懂白羽為何要這樣到處遷怒。

我喝著熱開水，心想他應該活得很累。我不覺得有必要飲用有味道的液體，所以沒放茶包，只純喝熱水。

「所以我想結婚，過著不會被別人指指點點的人生。」白羽說。「我想跟有錢人結婚。我也有網路創業的點子，要是被妳偷走就糟了，所以不能告訴妳詳情。不過，要是我的對象能投資我的點子就太棒了。我的點子一定會成功，這樣一來，就沒有人敢對我說什麼了。」

「咦？你討厭別人干涉自己的人生，卻又為了不被他們說嘴，而去選擇那樣的人生嗎？」

那說穿了，不就等於是全面接受了這個世界嗎？我實在感到匪夷所思。

「我已經累了。」

但白羽這麼說，我也只能點點頭附和。

「之所以累，是因為不合理。如果只是結婚就不會有人說話，那的確是既方便又合理。」

「妳少說得那麼容易。男人跟女人不一樣，光是結婚，還是會被說話的。如果沒有正職工作，就會被逼著去找正職；找到正職，就會被逼著去賺更多的錢；賺了錢，就會被逼著結婚生子。會不斷地受到世界的制裁。不要把我跟輕鬆的女人混為一談。」

白羽不悅地說道。

「咦？那豈不是完全沒有解決問題嗎？那還有什麼意義？」

我反問。但白羽不回答，只是一頭熱地說個不停。

「我為了查出世界究竟是從什麼時候開始走偏的，而鑽研歷史。明治時代、江戶時代、平安時代，不管回溯到何時，世界都是錯的，甚至回溯到繩文時代還是一樣。」

白羽搖晃桌子，茉莉花茶溢出了杯子。

「所以我發現了。這個世界跟繩文時代沒有兩樣！對村落沒有貢獻的人會被剔除，像是不打獵的男人、不生孩子的女人。現代社會標榜什麼個人主義，但其實不肯隸屬於村落的人會遭到干涉、強制，最後從村落被驅逐出去。」

「你很喜歡繩文時代嗎？」

「才不喜歡，我恨死繩文時代了！可是，我們身處的世界是披著現代社會外皮的繩文時代。女人圍繞在能捕捉到大獵物的強壯男人身邊，從最美的女人開始嫁出去；不參加打獵、就算參加打獵也因為太弱而沒有貢獻的男人會被瞧不起。這種社會結構一點都沒有變！」

「哦……」

我只能空泛地應聲，卻也無法全盤否定白羽的話。

就跟便利店一樣，或許只是我們會被替換而已，同樣的情景反而會永無止境地延續下去。

——這裡都不會變呢！

腦中響起常客老婦人說的話。

「妳為什麼可以滿不在乎？妳不覺得丟臉嗎？」

「咦？為什麼？」

「妳一直打工，打到都變成了歐巴桑，沒人要了對吧？像妳這種，就算是處女，也是中古貨了。骯髒！這要是在繩文時代，等於是連孩子都生不了的老處女，又不結婚，成天只會在村子裡閒晃，根本是村落的累贅。我是男人，還有機會起死回生，但妳已經沒救了不是嗎？」

白羽剛才被我反駁時還暴跳如雷，現在卻又高舉著折磨自己的相同價值觀大肆批判起我來，我覺得他簡直毫無邏輯可言；但認為自己的人生遭到強暴的人，或許只要同樣地去攻擊別人的人生，心理上就能好過一些。

「我想喝咖啡。」

白羽可能發現自己在喝的是茉莉花茶，不滿地說道。我便起身去飲料吧倒了咖啡，放到白羽面前。

「難喝。這種地方的咖啡果然不行。」

「白羽，如果你的目的只有結婚，和我登記結婚怎麼樣？」

我在自己的位置放下第二杯熱開水說道。

「嗄!?」白羽忍不住大叫。

「既然你這麼痛恨被干涉，又不想被村落排擠，趕快結婚不就好了！打獵……也就是找正職什麼的我不知道，但只要結婚，起碼就不會被人干涉有無戀愛經驗或性經驗了吧！」

「沒頭沒腦的，妳在說什麼啊？太荒唐了。不好意思，對妳，我沒辦法勃起。」

「勃起？呃，這跟結婚有什麼關係？婚姻是文件上的，勃起是生理現象。」

白羽閉口不語，所以我仔細分析給他聽。

「或許就像你說的，這個世界還是繩文時代。村落不需要的人會遭到迫害、疏遠。換句話說，跟便利店是一樣的結構。在便利店，不需要的人會被減班、開除。」

「便利店……？」

「想要一直待在便利店，就只能變成『店員』。要當店員其實很簡單，只要穿上制服，照著服務手冊行動就行了。如果說這個世界是繩文時代，那麼在繩文時代也是這樣的。只要披上一般人的外皮，照著它的守則行動，就不會被趕出村落，也不會被當成累贅了。」

「我不懂妳在說什麼。」

「換句話說，只要扮演大眾心目中的『一般人』這種虛構生物就行了。就跟在那家超商裡，每個人都在扮演『店員』這種虛構生物是一樣的。」

「就是這樣令人痛苦，我才會這麼煩惱啊！」

「可是，你剛才還想要去迎合不是嗎？事到臨頭果然還是做不到吧？說的也是呢，賭上一輩子對抗世界，贏得自由，才算是誠摯地面對自己的痛苦。」

白羽似乎啞口無言，只是盯著咖啡。

「所以如果覺得困難，沒必要勉強自己。我跟你不一樣，很多事情都無所謂。我沒有自己的主張，所以如果村落有什麼方針，我可以滿不在乎地配合。只是這樣罷了。」

將眾人覺得古怪的地方，從自己的人生中剔除，或許這就叫做「治好」。

這兩個星期之間，我被問了十四次「妳為什麼不結婚？」、被問了十二次「妳為什麼在打工？」。我想先從別人起疑次數多的項目開始剔除。

我仍然有些渴望變化。不論是壞的變化還是好的變化，感覺都比膠著的現況要來得好。白羽沒有回答，只是一臉凝重地瞪著眼前咖啡杯的漆黑水面，就像要把它給看穿似的。

「那我要走了。」

「等一下，再考慮一下也好吧……」

我說著準備回去時，白羽含糊地說著叨叨絮絮把我留下，時間分秒過去。

從白羽斷續吐露的內容中，我得知他以前和人合租公寓，但遲繳房租，差不多形同被趕出來。

以前這種時候，他都會投奔北海道的老家度過危機。但五年前弟弟結婚，現在老家改建成二世代住宅，弟媳姪子都住在家裡，他即使回家，也沒有容身之處。弟媳似乎極端厭惡白羽，過去白羽還可以靠著親情借錢花用，但現在也沒辦法了。

「自從那惡媳婦開始插手家務事，一切都變了調。她自己還不是寄生在我弟身上，卻大搖大擺地在我家晃來晃去。臭女人去死吧！」

白羽自述身世，同時也滿腹怨懟地訴苦，又臭又長，我聽到一半就幾乎走了神，一直看著時鐘。

已經快晚上十一點了，我明天還要打工。第二任店長教過我，要做好自我管理，帶著健康的身體去上班，也算是時薪的一部分。但這下要睡眠不足了。

「白羽，那你要不要來我家？你出飯錢的話，我就讓你過夜。」

白羽好像無處可去，如果丟著他不管，感覺他會在飲料吧坐到早上。我已經感到厭煩了，把推辭著「呃」、「不、可是」的白羽硬拖回家裡。

進了房間靠近白羽之後我才發現，他身上散發出一股流浪漢的臭味。我叫他先去洗澡，並塞了浴巾給他，強制關上浴室門，裡頭開始傳來蓮蓬頭的水聲，我才鬆了一口氣。

白羽洗了很久，等著等著，我差點睡著。這時我靈機一動，打電話給妹妹。

『喂？』

是妹妹的聲音，時間已近午夜，但妹妹似乎還沒睡。

「不好意思這麼晚打來，會吵到悠太郎嗎？」

『嗯，沒關係，他睡得很熟，我在做自己的事。怎麼了嗎？』

我想起應該和妹妹睡在同一個家中的外甥。妹妹的人生在前進，因為那裡有個以前沒有的生物。

妹妹也和母親一樣，希望我的人生出現變化嗎？我懷著做實驗的心情，向妹妹坦誠以告。

「也不是什麼需要半夜打電話的事情啦……其實，我這裡現在有個男人。」

『咦!?』

妹妹的聲音整個走調，發出打嗝似的怪聲，我正想問她沒事吧？卻被妹妹幾乎是尖叫的慌亂聲音給打斷。

『咦，真的嗎？騙人的吧!?咦，什麼時候開始的？姊姊什麼時候、是怎樣的人？』

我被妹妹咄咄逼人的反應給嚇到。

「最近吧。是打工的同事。」我回答說。

『啊，姊，恭喜妳……！』

妹妹也不問詳情就突然祝福我，讓我有些困惑。

「這是什麼值得恭喜的事嗎？」

『我不曉得對方是個怎樣的人，可是姊姊從來沒有提過這樣的事……我好開心！我會支持妳的！』

「這樣啊……？」

『既然姊姊會跟我報告，難道已經在考慮結婚了嗎……？啊，對不起，我太急了嗎？』

妹妹從來沒有這麼饒舌過。聽她那興奮的樣子，我開始覺得白羽說的「**即使披著現代社會的皮，現在依然是繩文時代**」的論調，或許也不算離譜。

這樣啊，原來守則早就有了。

事到如今我才發現。只是那守則早就牢牢地灌輸在眾人腦中，被認為沒必要刻意寫成書面罷了，其實「普通人」這樣的定型，從繩文時代就一直存在著。

『姊，真的太好了。妳一路吃了很多苦，但總算找到可以理解妳的人了……！』

妹妹似乎正任意想像，兀自感動。

聽到她那副儼然在說：「妳治好了。」的口氣，我心想：早知道這麼簡單，怎麼不快點指示我這麼做，我也不必繞上這麼一大圈冤枉路了。

掛斷電話一看，洗完澡出來的白羽不知所措地站在那裡。

「啊，沒有可以換穿的衣物呢。這是超商剛開幕時的制服，是改版成現在制服之後才拿回來的。男女同款，你應該穿得下。」

白羽略顯遲疑，但還是拿起綠色的制服，直接套在身上。他手腳很長，顯得有些侷促，但似乎勉強拉得上拉鍊，下半身只纏了條浴巾，所以我把拿來當家居服的五分褲遞給他。

我不知道白羽幾天沒洗澡了，但他脫下來的內衣褲和衣物散發出惡臭，我把它們全部扔進洗衣機。

「你隨便坐。」

我說，於是白羽小心翼翼地在房間坐下。

我的住處是一間小和室，房子很舊，浴廁是分開的。由於換氣不太好，濕氣和蒸氣開始從白羽洗完澡後的浴室門內漫進房間來。

「房間有點熱呢，要開窗嗎？」

「呃，不用……」

白羽看起來坐立難安，一下子作勢起身，一下子又坐回去。

「要上廁所在那邊，水流不夠強，上大號的話，把手要用力按到底。」

「呃，我沒有要上廁所。」

「你暫時沒地方去吧？跟人家分租的地方也形同被趕出來，對吧？」

「唔……」

「我在想，你待在我家，或許比較方便。我剛才打電話跟我妹說，結果她自己腦補情節，超開心的。我覺得男女只是住在一起，不管事實如何，周圍的人就會自行想像、接納。」

「告訴妳妹……」

白羽困惑地說。

「啊，要喝罐裝咖啡嗎？也有西打喔。不過，我只是買凹罐回來，沒有冰。」

「凹罐……？」

「啊，沒跟你解釋過嗎？罐身有碰撞到、不能賣的商品就叫凹罐。其他就只有牛奶跟熱開水了。」

「喔，那我要咖啡。」

家裡只有一張小折疊桌，房間很小，所以我把向來鋪著沒收的墊被捲起來堆到冰箱前面。有時候妹妹或母親會來過夜，所以壁櫃裡還有另一組寢具。

「我還有被子，如果你沒地方去，可以在這裡過夜，雖然很窄。」

「過夜……」白羽開始毛躁不安，小小聲地說：「呃，可是我這人滿潔癖的……沒有事先好好準備一下，實在……」

「有潔癖的話，你可能沒辦法接受被子吧，一陣子沒用了，也沒拿出去曬。而且這屋子很老了，也滿多蟑螂的。」

「不是。呃，我跟人家合租的地方也沒乾淨到哪裡去，那無所謂。只是就那個啊……看到女人想要生米煮成飯，身為男人，喏，總是得提防一下嘛……居然馬上就打電話給妹妹。古倉，我看妳狗急跳牆了吧？」

「有什麼不行嗎？我打電話，只是想看看她的反應而已。」

「不，就是……妳這樣還滿可怕的欸。我常在網路上看到類似的po文，沒想到真的有這種事。被女人這樣死命勾引，實在教人倒胃口……」

「呃……我只是想說你沒地方去，可能很為難。如果你覺得困擾，洗衣機也還沒開始洗，衣服還你，你可以回去。」

「不，但是……」

「既然妳都這樣說了……」

白羽含糊不清地說著，卻一點進展也沒有。

「呃，不好意思，已經很晚了，我可以睡了嗎？你想回去的話，隨時都可以離開；想睡的話，就自己鋪被子隨便躺。明天早上我還要去便利店上班。十六年前，第二任店長告訴我，時薪裡面也包括做好自我管理，帶著健康的身體去上班，所以我不能睡眠不足。」

「啊，便利店……喔……」

白羽空洞地應聲。但我覺得再繼續理他，會耗到早上，所以搬出自己的被子鋪好。

「我累了，明天早上再洗澡，所以早上可能會有點吵。晚安。」

我刷完牙，設好鬧鐘，便鑽進被窩閉上眼睛。

白羽偶爾會製造聲響，但腦中便利店的聲音卻愈來愈響，不知不覺間，我墜入了夢鄉。

隔天早上醒來時，白羽以下半身插在壁櫃裡的狀態睡著，我去洗澡時也沒把他吵醒。

——如果要離開，鑰匙請投入信箱。

我留下字條，一如往常，為了在八點抵達店裡而出門。

聽白羽的口氣，留在我家有違他的意志，所以我猜他已經不在了，沒想到回家一看，他還在房間裡。

他也沒做什麼，無所事事地坐在折疊矮桌上托著腮幫子，喝著白葡萄西打凹罐。

「你還在啊。」

我出聲，他身體微微一顫。

「嗯……」

「今天一整天，我收到一堆我妹的簡訊。我第一次看到我妹為了我的事情這麼興奮。」

「那當然了。妳妹也覺得與其變成中古老處女，一大把年紀了還在便利店打工，跟男人同居更像話多了。」

白羽昨天侷促不安的樣子已經消失無蹤，變回了平常的他。

「嗯，果然還是不正常啊。」

「妳聽好，對村落沒有貢獻的人，是沒有隱私可言的。每個人都會毫不客氣地侵門踏戶，管妳的私事。除非結婚生子，或是去打獵賺錢，以其中一種形式貢獻村落，否則妳就是異端。所以村落的傢伙們會無休無止地干涉妳。」

「哦……」

「妳最好也要自覺一下。像妳，坦白說，根本是賤民中的賤民，子宮八成都老化了，也不是能供人發洩性慾的外貌，錢也沒賺得比男人多，甚至不是正職，而是打工。坦白說，根本就是村落的累贅，是人渣。」

「這樣啊，但我只能在便利店打工。我也曾經試過別的，但我能夠扮演的就只有便利店店員。所以就算你針對這一點指責，我也無可奈何。」

「所以才說現代是個功能缺損的世界，標榜什麼生活方式多樣化，說的比唱的好聽，但說穿了，其實從繩文時代就絲毫沒有改變。少子化愈來愈嚴重，愈活愈回去繩文時代。不僅是難以生存而已，現在已經變成一個只要對村落沒貢獻的人，光是活著就會被炮轟的世界了。」

白羽本來還在惡毒地咒罵我，這次又開始痛批起世界。我不知道他到底是在對哪一邊生氣，看起來就像是見一個抓一個，先語言暴力伺候一頓再說。

「古倉，雖然我覺得妳的提議非常突兀，但並不壞，要我幫妳也行。只要我待在這裡，或許會招來窮光蛋同居這樣的輕蔑，但旁人還是可以諒解。妳現在的狀況實在是太莫名其妙了。不結婚也沒正職，對社會一點價值也沒有，這樣的人會被村落排除。」

「哦……」

「我正在找對象結婚，而妳距離我的理想太遠。妳打工賺不到什麼錢，所以也不能供我創業，但話又說回來，像妳這種的，也不能供我發洩性慾。」

白羽一口氣喝光凹罐西打，就像在痛飲啤酒。

「不過，嗯，我跟妳利害一致，所以要我繼續留在這裡也是可以。」

「哦……」

我從裝凹罐的紙袋中取出巧克力哈密瓜西打遞給白羽。

「呃，那你有什麼好處呢？」

白羽沉默了半晌。

「我希望妳把我藏起來。」

他小聲地要求說。

「什麼？」

「把我從這世界藏起來。妳要怎麼利用我的存在、怎麼向別人說我都無所謂，但我要永遠躲在這裡。我受夠被陌生人指手畫腳了。」

白羽垂著頭，啜飲巧克力哈密瓜西打。

「只要走出外面，我的人生又會被強暴。男人就該工作、結婚，結婚之後就該賺更多的錢、生小孩。根本是村落的奴隸，被世界使喚操勞一輩子。就連我的睪丸都是村落的，只是沒有性經驗，就被當成浪費精子。」

「那很痛苦呢。」

「妳的子宮也是村落的啊。要是沒用了，就沒有人會對妳多看一眼。我想要一輩子什麼事情都不做，到死都不受人干涉，只想靜靜地呼吸。我的願望就這麼卑微。」

白羽祈禱似地交握雙手說。

我思忖，白羽對我是有益的嗎？母親、妹妹，還有我自己，都開始對治不好的我感到疲倦。我覺得如果能有變化，不論是好是壞，總是比現在強吧。

「或許我沒有你那麼強烈的痛苦，但繼續這樣下去，會愈來愈難待在便利店也是事實。每個新來的店長都問我為什麼只是打工，如果不找藉口，就會引來懷疑。我正在尋找更好的藉口，雖然我不知道你能不能成為一個好藉口。」

「只要有我，世人就會接納妳。這場交易對妳只有好處，沒有壞處。」

白羽自信十足說道。

儘管是我主動提議的，但他說得這麼斬釘截鐵，反而令人覺得可疑。但我想起妹妹前所未見的反應，還有當我說沒談過戀愛時美穗她們的表情，覺得就算放手一試，也不是什麼壞事。

「雖然是交易，但我也不要求報酬，只要讓我待在這裡，供我吃喝就夠了。」

「哦……也是，除非你有收入，否則就算向你要錢也沒用。我也很窮，沒辦法給你現金，不過我會提供飼料，只要你願意接受就好。」

「飼料……？」

「啊，抱歉，這是家裡第一次養動物。」

我的說法似乎令白羽感到不悅。

「唔，我就接受好了。」

思考之後，他還是滿意地說道。

「對了，我從一早就沒吃東西。」他接著說。

「啊，好，冰箱冷凍庫有飯，冷藏庫有燙過的菜，你隨便吃吧。」

我取出盤子擺到桌上，是燙蔬菜淋醬油配白飯。

「這什麼鬼？」

白羽蹙眉說道。

「白蘿蔔、豆芽菜、馬鈴薯和白飯。」

「妳都吃這種鬼玩意？」

「鬼玩意？」

「這根本不是料理。」

「我會把食材煮熟之後再吃。我不需要調味，想要鹹味的話，就淋醬油。」

我仔細說明，但白羽似乎無法理解。

「這根本是飼料。」

白羽百般不願地把飯菜夾入口中，唾棄地說。

就說是飼料了啊！我心想，接著叉了白蘿蔔，送入口中。

我收留白羽，差不多是出於明知道是詐騙還讓他住在家裡的心態。但意外的是，白羽說的果真沒錯，我很快就開始感受到，有白羽在家真的方便許多。

繼妹妹之後，我在美穗家聚會時，說出和白羽同居的事。當時大夥聚在一起吃著蛋糕，我輕描淡寫地說出家裡現在住了個男人。

眾人歡天喜地的模樣，甚至讓人懷疑她們是否神智失常了？

「咦？什麼？什麼時候開始的!?什麼時候!?」

「是怎樣的人!?」

「太好了！天哪，我一直好擔心妳將來會怎麼樣……真的太好了！」

眾人興沖沖的樣子讓我感到詭異，只應了句「謝謝」。

「欸，他是做什麼的？在哪裡上班？」

「他沒做什麼。他說他的夢想是創業，但好像只是嘴巴上說說，就賴在家裡遊手好閒。」

眾人表情乍變，聚精會神地聆聽我說的話。

「真的有那種人呢……但愈是那種人，就愈是溫柔體貼，吸引力十足。我有個朋友也是愛上那種男人，實在搞不懂到底哪裡好。」

「我朋友也是，之前跟人家外遇，後來換迷小白臉。要是肯幫忙做家事，還可以說是家庭主夫，但那人甚至連家事都不做。不過，自從我朋友懷孕以後，那個男的就整個改邪歸正，現在好像過得很幸福喔！」

「對對對，要治那種男人，懷孕是特效藥！」

大家看起來比起我說：「我沒談過戀愛」的時候還要開心，並且用一副「我們都懂」的口氣繼續聊下去。

對於之前沒談過戀愛、沒有性經驗、也沒有做過正職的我，她們偶爾會露出無法理解的反應，然而，對於讓白羽住在家裡的我，卻彷彿連未來發展都瞭若指掌。

聽著朋友們七嘴八舌議論白羽和我的事，感覺就像在聽陌生人的事跡。大家似乎都已經自行腦補完畢，述說著只有名字跟我和白羽一樣的登場人物所搬演、與我無關的故事。

「噯，妳最好聽我們的勸。」

我正想插口，卻被打斷。

「就是說啊！惠子是戀愛菜鳥，那種男人的習性，我們早就聽到都爛了。」

「美穗年輕的時候也淪陷過一次呢！」

她們看起來很開心，所以我決定除了她們問我的時候回答以外，不要多事。

大家的態度，就好像我第一次真正成了「姊妹淘」，感覺大家正說著：「歡迎加入我們的圈子」，大肆慶賀我。

我痛感到原來在這之前，我對大家而言一直是「圈外人」。

我用菅原的爽脆口吻，對眾人口沫橫飛的討論點頭同意。

「這樣啊！」

開始飼養白羽後，我在超商的工作更順利了，不過必須額外負擔白羽的飼料錢。

我考慮是否該在原本休假的週五週日也排班，這麼一想身體活動得更加勤奮了。

我收拾完外面的垃圾，進入後場，看見上完大夜的店長正在排班表。

「呃，店長，週五和週日已經有人了嗎？我想多賺一點，如果可以多排點班就太好了。」

我輕描淡寫地開口。

「古倉，妳怎麼了？真了不起，太有幹勁了！啊，可是一週一定要休一天，否則就違反勞基法了。要不要去別的店兼差呢？每個地方都人手不足，聽到有人幫忙都會很開心的。」

「太好了！」

「小心別累壞身體了。啊，這是這個月的薪資單。」

店長把薪資明細遞過來，我收進皮包。

這時店長嘆了一口氣。

「啊，也得交給白羽才行。他的東西全都丟在這裡沒拿走，又連絡不上他。」

「咦，電話打不通嗎？」

「有通，可是他不接。他這方面真的很糟糕，明明叫他不要帶私人物品進來，置物櫃裡卻還有一大堆。」

「要我拿去給他嗎？」

明天有新的男生要來上大夜，置物櫃沒清空，店長一定很困擾，所以我忍不住說溜了嘴。

「咦，拿去給他？拿去給白羽嗎？什麼，妳跟他有連絡嗎？」

店長感到意外地反問。

我心想糟了，但還是點點頭。

白羽交代過，對於不認識他的人，要怎麼說都隨便我，但千萬不可以把他的事情洩漏給便利店的同事。

——把我從認識我的每一個人藏匿起來。我又沒有給誰添麻煩，眾人卻滿不在乎地干涉我的人生。我只是想要靜靜地呼吸而已。

我想起白羽自言自語般說的話。

這時監視器畫面傳來自動門的鈴聲。

望向監視器畫面，有一群男客人走進來，店裡一下子熱鬧了起來。我看見櫃檯只有上星期剛來上班的圖安在，急忙要去支援。

「什麼，幹嘛啦！想溜！」

店長開心地喊道。
「櫃檯很忙！」
我指著監視器畫面說完，便往外跑去。
抵達櫃檯時，有三個客人在排隊，圖安一臉不知所措地操作著收銀機。
「呃，這個……」
他似乎不知道該怎麼處理商品券，我一邊迅速操作一邊教他。
「這是可以找錢的商品券，要找錢給顧客喔！」
接著，我又跑到另一台收銀機。
「抱歉讓您久等了，這邊可以結帳。」
等了一會兒有些不悅的男客人走了過來。
「那邊的是新人？我趕時間吔。」

男客人不耐煩地開口。

「很抱歉！」

我低頭行禮。

圖安還不熟悉操作，泉應該要跟他一起站收銀才對。仔細一看，泉正在專心叫貨訂鋁箔包飲料，好像沒發現櫃檯很忙。

消化完櫃檯人潮，我發現今天的特價商品炸雞串還沒有做，急忙跑去後場的冷凍櫃。

進入後場一看，店長和泉正在開心地聊天。

「店長，今天炸雞串的目標是一百支對吧！中午尖峰時段的份都還沒做，POP好像也沒有貼出來！」

我以為泉和店長會說：「天啊！不得了。」沒想到泉則是把身體往前探。

「欸，古倉，聽說妳跟白羽在交往，是真的嗎!?」

泉詢問我說。

「不，呃，泉，炸雞串……」

「欸欸欸欸，你們什麼時候變成那種關係的？雖然很速配啦！欸，是哪一邊先告白的？白羽嗎？」

「古倉都害羞了，完全不肯回答吔。下次要不要一起去吃個飯？帶白羽一起來！」

「店長、泉，炸雞串……！」

「不要閃躲，快點回答！」

「也不是交往，他現在住在我家而已啦！店長，重要的是炸雞串連一支都還沒有做好。」

我不耐煩了起來大叫說。

「咦？同居!?」

泉驚訝地叫出來。

「真的假的!?」

店長開心地尖叫。

我心想再說什麼都沒用，急忙從冷凍庫裡取出庫存炸雞串，抱了滿懷跑向櫃檯。

兩人的態度令我震驚無比。比起平時一三〇圓的炸雞串特價一一〇圓的活動，他們更把店員和前店員的八卦視為優先，身為便利店店員，這簡直不可饒恕。他們兩個究竟怎麼了？

也許是注意到我臉色大變地抱著炸雞串跑來，圖安過來幫我拿了一半。

「好厲害，這些全部，要炸嗎？」

圖安用有些生澀的日語詢問。

「是啊，今天開始特價活動，店裡的目標是賣出一百支。上次活動賣了九十一支，這次一定要達標。為了這天，晚班的澤口特地做了一張大POP，我們要貼上廣告，同心協力推銷炸雞串。這才是現在這家店最重要的事。」

說著說著，不知為何我差點熱淚盈眶。

而圖安似乎無法完全理解我機關槍似的日語。

「東西寫力？」

他歪著頭反問我。

「就是大家團結一致，共同努力。圖安，這些全部，現在立刻拿去炸。」

聽到我的話，圖安點點頭，然後有些笨手笨腳地開始做炸雞串。

「這些全部，好辛苦！」

我跑到熱食櫃，開始張貼澤口加班兩小時畫好的POP「大熱銷！美味多汁的炸雞串，限時特價一一〇圓！」。

我站在梯子上，把用紙箱和圖畫紙做成的立體炸雞串海報掛到天花板上。是澤口說：「這次一定要達成一〇〇支！」，特地為店裡製作的精美海報。

身為店員的時候，我們應該是齊心協力朝同一個目標邁進的夥伴。泉和店長到底是怎麼搞的？

「您好，歡迎光臨！炸雞串今天開始特價一一〇圓！歡迎選購！」

當顧客踏進店裡時，我高喊著。

「歡迎選購炸雞串！」

圖安陳列著剛起鍋的炸雞串，也大聲喊道。

店長和泉還沒有從後場出來，好像隱約聽見泉的笑聲。

「炸雞串特價中，要不要來一支！」

只有儘管生澀卻仍大聲吆喝的圖安，是我無可取代的好夥伴。

我在附近的超市買了豆芽菜、雞肉和高麗菜回家，卻不見白羽的人影。

我準備燙食材，心想也許白羽已經離開了，結果聽見浴室傳來聲響。

「咦，白羽？你在家嗎？」

打開浴室一看，白羽穿著衣服，坐在乾燥的浴缸裡，正在用平板電腦看影片。

「你怎麼在這裡？」

「我本來在壁櫃，可是有蟲。這裡沒有蟲，而且很安心。」白羽答道。「今天也吃燙蔬菜？」

「對。今天我要燙豆芽菜、雞肉和高麗菜。」

「這樣啊。」白羽依舊低著頭說。「妳今天好慢才回來，我都快餓死了。」

「我本來要下班了，可是店長和泉一直拉著我說話，不肯放我走。店長今天休假，卻一直留在店裡，死纏爛打地要我帶你一起去聚餐。」

「咦……難不成妳說了我的事？」

「不好意思，不小心說溜嘴了。啊，這個拿去，我幫你領回你的私人物品和薪資明細了。」

「……這樣啊……」

白羽緊握著平板沉默了。

「都叫妳保密了……結果妳還是說了。」

「抱歉，我沒有惡意。」

「不……到時候遭殃的會是妳自己。」

「咦？」

怎麼會？我納悶不解。

「他們一定是想要把我拖出去痛罵一頓。但我是絕對不會去的，我要永遠躲在這裡。這麼一來，下一個挨罵的就是妳。」

「我會被罵……？」

「為什麼讓一個沒工作的男人住在家裡？兩個人都出去工作也

好，可是怎麼會是打工？不結婚嗎？不生小孩嗎？應該好好找份正職！盡大人的責任！……每個人都會來干涉妳。」

「店裡的人從來沒跟我說過這些。」

「那是因為妳太奇怪了。三十六歲單身的便利店兼職人員，而且八成還是處女。每天莫名幹勁十足地大聲吆喝，看上去很健康，卻也沒有要找正職的打算。妳是異物，太可怕了。以為沒人說妳，其實背地裡都議論紛紛。但是從今以後，他們會當面對妳發作。」

「咦……」

「普通的人呢，他們的嗜好是審判不普通的人。可是呢，如果妳把我趕出去，眾人會更加嚴厲地審判妳，所以妳只能繼續供養我。」

白羽冷笑著說。

「我一直想要報復，報復那些只因為是女人，就可以當寄生蟲的傢伙們。我一直想要變成寄生蟲給那些人看看。就算賭上這口氣，我也要永遠寄生在妳身上。」

我完全不懂白羽在說什麼。

「不管這個。白羽，你要吃飼料了嗎？應該快燙好了。」

「拿過來，我要在這邊吃。」

白羽這麼說道，於是我把汆燙好的菜和白飯全部盛到盤子上端到浴室。

「把門關起來。」

白羽說，所以我關上浴室門。

很久沒有一個人坐在桌前吃飯了，自己的咀嚼聲顯得格外刺耳。也許是因為直到剛才我都還待在便利店的「聲音」裡。閉上眼睛回想店內，便利店的聲音便在我的耳膜內側逐漸復甦。

那就像是音樂，在我體內流動著。我漂浮在烙印於內在、便利店所演奏的運作聲中，為了明天能夠繼續工作，將眼前的飼料塞進身體裡。

白羽的事一眨眼就傳遍店裡，店長特別纏人，每回碰面就問：

「白羽好嗎？什麼時候要一起去喝一杯？」

我本來以為第八任店長對工作的熱忱值得尊敬，是最棒的夥伴；然而，現在只要碰到他，他就滿口「白羽白羽」的，真教人厭煩。

以前碰面的時候，我們是便利店店員和便利店店長，聊的是更有意義的話題。比方說，最近天氣變熱了，巧克力甜點銷量不理想；附近蓋了新公寓，傍晚的來客量增加了；下下星期的新商品好像廣告打得很凶，銷量可期……。

但現在我覺得，在店長的心目中，我已經淪為一個「雌性」，而非便利店店員。

「古倉，如果妳有什麼煩惱，可以向我傾吐喔！」店長說。

「對啊，只有妳一個人也好，下次一起去喝一杯吧！要是白羽也一起來就更好了，我可以幫妳鞭策他！」泉說。

「我也想見見白羽，邀他一起來嘛！」

就連之前說她討厭白羽的菅原都這麼說。

之前我並不知道，但看來大家偶爾會一起去小聚喝酒，就連有小孩的泉，也會在丈夫幫忙帶孩子的時候參加。

「哦，沒有啦，其實我們也一直很想邀妳去喝一杯呢！」

眾人虎視眈眈著要把白羽拖去喝酒，以便惡狠狠地數落他。

看到大家這麼想罵他，我覺得可以理解白羽「想要躲起來」的心情了。店長還把白羽辭職時就應該要銷毀的履歷拿出來，和泉一起品頭論足。

「妳看，大學肄業，進了專門學校，可是也一下子就不念了。證照這邊，這年頭只有英檢喔？咦，意思是連個駕照都沒有嗎？」

眾人都迫不及待地想要斥責白羽。就好像這件事比飯糰均一價一〇〇圓活動、起司熱狗新發售、分發熱食折價券等，更來得優先、重要。

店裡的「聲音」開始混入了雜音。就彷彿明明演奏著同一首曲子，大家卻突然從口袋裡掏出不同的樂器開始撥弄，形成刺耳的不協調音。

最可怕的是新人圖安。他不斷地被同化，愈來愈像店裡的大夥。這要是以前的超商就沒問題，然而愈來愈像現在的大夥，使得圖安逐漸成長為一個距離「店員」遙不可及的生物。

原本那樣認真工作的圖安停下做熱狗的手。

「古倉的先生，以前也在這家店工作嗎？」他問。

拖長語尾說話的語調，或許是被泉傳染的。

「他不是我丈夫。那不重要，今天很熱，冷飲賣得很好。瓶裝礦泉水變少的話，要立刻補上，走入式冷藏櫃裡的紙箱冰了很多。鋁箔包茶也賣得很好，要隨時留意賣場補充喔。」

我連珠炮似地對圖安說道。

「古倉，妳不生小孩嗎？我姊姊結婚，生了三個小孩。還很小，很可愛喔。」

圖安愈來愈不像個店員了。即使都穿著制服，一樣在工作，但我覺得大家都比以前更不像店員了。

只有顧客一如既往地光臨，且需要身為「店員」的我。

原以為大家和我一樣都只是個細胞，但他們卻逐漸轉變成「村落的雄性與雌性」。在如此詭譎的狀況裡，只有顧客讓我維持著店員的身分。

打電話給妹妹一個月後的星期日，妹妹跑來罵白羽。

「為了姊姊，我一定要說說他！」

妹妹生性溫柔敦厚，這時卻怒氣沖沖地，而且堅持一定要過來找白羽。

我想叫白羽去外面，他卻說：「我無所謂。」繼續留在房間裡。他明明那麼討厭被罵，因此令我很意外。

「悠太郎交給老公幫忙照顧了，他偶爾也會帶小孩。」

「這樣啊。家裡很窄，妳請坐。」

好久沒看到沒抱嬰兒的妹妹，她看上去好像遺漏了些什麼。

「不必特地來，跟我說一聲，我可以像之前那樣去妳家啊。」

「不用，今天我是想要跟姊好好談一談……我是不是吵到妳們了？」妹妹環顧房間。「呃，姊的同居人……今天出去了嗎？他是在客氣嗎……？」

「咦？沒有啊，他在。」

「咦？在、在哪裡？得跟他打個招呼……！」

妹妹急忙站起來。

「不必啦。啊，可是差不多該餵他了……」

我說，接著用廚房的臉盆裝了白飯和鍋裡汆燙好的馬鈴薯及高麗菜，端到浴室去。白羽在浴缸鋪滿坐墊，坐在裡面玩手機，我把飼料端過去，他默默接下來。

「浴室……？他在洗澡嗎？」

「嗯，待在同一個房間很擠，所以我讓他住在那裡。」

妹妹一臉啞然，我繼續詳細說明。

「妳看，我住的公寓很舊了不是嗎？白羽說，與其在老舊的浴室裡泡澡，他情願去外面的投幣式淋浴間。我有給他零錢沖澡吃飯。雖然有點麻煩，不過有他在家很方便。大家都很開心，祝福我說『太好了』、『恭喜』。他們會自行腦補，不太來干涉我了。所以很方便。」

妹妹垂下頭去，應該是理解我詳盡的說明了。

「對了，昨天我買了店裡賣剩的布丁，要吃嗎？」

「我沒想到會是這樣……」

妹妹聲音顫抖地說，我驚訝地看她，發現她好像在哭。

「妳怎麼了？啊，我拿面紙給妳。」

我情急之下變成菅原的口吻說話，站了起來。

「姊，妳到底什麼時候才會好起來……？」

妹妹開口，但沒有罵我，只是把頭垂得低低的。

「我已經受不了了……妳到底要怎樣才會變正常？我到底要忍耐到什麼時候才行？」

「咦，妳在忍耐嗎？那不必勉強來找我也沒關係啊。」

我直率地對妹妹說，妹妹淚流滿面地站起來。

「姊，求求妳，跟我一起去諮商吧！請醫生把妳治好。沒有別的方法了！」

「小時候去過，不是不行嗎？而且我不懂我要治好什麼？」

「姊開始在便利店打工以後，就變得愈來愈奇怪。說話的口氣也是，明明在家裡，也像在便利店一樣扯著嗓門說話，表情也很怪。求求妳，變正常一點好嗎？」

妹妹哭得更凶了。

「那，如果我不當店員，就會好起來嗎？還是當店員才正常？把白羽趕出去就會好嗎？還是留著他才正常？欸，只要給我指示，要我怎麼做都行啊。給我個清楚明白的指示吧。」

我反問哭泣的妹妹。

「我已經搞不懂了……」

妹妹抽抽答答地哭了起來，不肯回答我。

因為妹妹不說話，我無事可做，便從冰箱拿出布丁，看著哭泣的妹妹吃著，但妹妹就是哭個沒完。

這時浴室那頭傳來門被打開的聲音，我驚訝地回頭，看見白羽站在那裡。

「抱歉，其實我跟古倉大吵了一架。讓妳見笑了，妳一定被嚇到了吧。」

我呆呆地仰望突然滔滔不絕起來的白羽。

「其實是我不小心在臉書上跟前女友連絡，兩個人去喝了酒。結果惠子氣瘋了，不願意再跟我一起睡，把我趕到浴室去。」

妹妹盯著白羽看了好半晌，像在反芻他的話，接著像要撲向他似地站了起來，宛如在教堂遇見神父的信徒般如釋重負。

「原來是這樣……。就是說嘛，就是這樣嘛……」

「我聽到惠子的妹妹今天要來，覺得很尷尬，所以躲起來了，我怕我會挨罵……」

「就……就是啊！我聽我姊說，你也不找工作，賴在她這裡，我擔心姊姊被壞男人給騙了，擔心得要死……而且你居然還花心。我身為惠子的妹妹，不能原諒你。」

妹妹罵著白羽，看起來卻開心極了。

原來如此。之所以會責罵，是因為把對方當成「圈內人」，所以即便問題重重，姊姊待在「圈內」，還是比儘管沒惹出任何問題卻置身「圈外」，更令妹妹開心多了。

因為這才是妹妹能夠理解、正常的世界。

「白羽先生，我身為惠子的妹妹，對你真的很生氣！」

我覺得妹妹說話的口氣跟之前不太一樣了。妹妹身邊現在有著什麼樣的人呢？一定是學到那個人的口氣了。

「我知道。雖然不是太積極，但我也正在找工作，當然也想盡快跟惠子登記結婚。」

「這樣下去我都不能跟爸媽說了。」

一定是瀕臨極限了。沒有人希望我繼續當店員。曾經為了我成為店員而那樣開心的妹妹，現在卻說不當店員才是正常。

妹妹的淚水乾了，但流了鼻水，沾濕了人中，她也不打算擦掉，反而語調歡欣地不斷地數落著白羽。

我拿著吃到一半的布丁，盯著兩人，甚至無法幫妹妹拭去鼻水。

隔天打工回來，玄關出現一雙紅鞋。

妹妹又來了嗎？難不成是白羽帶女朋友回家？我尋思著走進房間，看見白羽跪坐在房間中央，矮桌對面有個染褐髮的女子正惡狠狠地瞪著他。

「呃……請問是哪位？」

我出聲問，女子凌厲地仰望我。她還很年輕，妝有點濃。

「妳是他的同居人嗎？」

「呃，是啊。」

「我是他的弟媳。這個人跟人家合租公寓，欠繳房租，就這樣跑了。手機好像也完全不通，討債電話都打到北海道的老家來了。我們打給他，他也不接。我剛好來東京參加同學會，所以替他付了婆婆幫他代墊的欠繳房租，跟人家低頭賠罪。真是的，我就知道遲早會有這一天！這個人完全不想自力更生，卻嗜錢如命，又邋遢懶惰。你給我聽好，這筆錢一定要給我還！」

桌上有張紙，上面寫著「借據」兩個字。

「好好給我工作還錢！真是的，為什麼我非得替大伯收這些爛攤子不可！」

「呃……妳怎麼會知道這裡……？」

白羽聲如細蚊地問。

我恍然悟出白羽所說的「把我藏起來」，原來還暗藏了「我沒付房租，正在逃債」的意思。

聽到白羽的問題，弟媳嗤之以鼻。

「之前你不是也因為欠繳房租，跑回老家借錢？那個時候我就料到八成會有這麼一天。於是拜託我老公，在你的手機裡面灌了定位追蹤APP，所以才知道你在這裡，趁你出門去便利店的時候逮到你。」

我深切地瞭解到白羽完全不受他弟媳的信任。

「那個……我真的會還錢……」

白羽把頭垂得低低的。

「廢話！那你跟這個人是什麼關係？」弟媳瞥向我說。「你沒有工作，還跟人家同居？有空搞這些，都幾歲的人了，快點找個正職工作好嗎？」

「我們是以結婚為前提在交往的。我做家事，她在外面工作。等她找到正職以後，錢會從她的薪水還。」

咦，原來白羽有女朋友啊？我正這麼想時，忽然想起昨天妹妹和白羽的對話，發現是在說我。

「是這樣嗎？妳現在在做什麼工作？」

「啊，呃，我在便利店打工。」

弟媳一臉詫異地問，我馬上回答。

弟媳的眼鼻口同時張大。我心想：啊，我好像在哪裡看過這種表情。

「什麼……！咦，然後你們兩個同居嗎？這個男的沒工作吔！」

弟媳一臉啞然地大叫。

「呃……是的。」

「這樣是要怎麼生活？會餓死街頭的！或者說……呃，初次見面問這個很冒昧，不過妳看起來年紀也不小了吧？怎麼會只是打工！」

「呃……有段時間我也面試過很多地方，可是做得來的只有便利店。」

弟媳茫茫然地看著我。

「以某個意義來說，是破鍋配爛蓋啦……呃，我跟妳非親非故，這樣說好像有點多管閒事。不過，妳最好找個正職還是結婚吧，我是說真的。不，最好找到正職並且結婚。像這樣安於現狀，不好好為將來做打算，遲早會餓死的。」

「這樣啊……」

「居然會喜歡上這種人，我完全無法理解妳的眼光。但既然如此，更應該找到正職工作，兩個社會邊緣人，不可能只靠一份打工薪水過活。我是說真的。」

「是的。」

「都沒有人好好勸過妳嗎？請問妳有保險嗎？我說這話是真心為妳著想喔……！雖然我們第一次見面，不過妳真的應該好好為自己打算一下。」

看到弟媳誠心誠意為我設想的樣子，我覺得她人比白羽形容的好多了。

「這個我們已經討論過了。在孩子出生前，我會在家裡支持她，並會專心在網路創業這一塊；等孩子出生以後，我也會找份正職，扛起一家生計。」

「少在那裡做白日夢了，你也給我出去工作。不過，這是你們兩個的問題，或許我也不該干涉太多……」

「我會要她立刻辭掉打工，每天努力求職。我們已經說好了。」

「咦……」
「不過有對象，起碼是比之前像話一點……」
弟媳不甚情願地說道。
「我也不想坐太久，我要回去了。」
她又說，接著站了起來。
「今天的事，包括借給你的錢，我會一五一十向婆婆報告，別以為你逃得掉。」
弟媳留下這話便離開了。
「吔，順利逃過一劫！這下好一陣子都不必擔心了。這個女的才不可能懷孕，因為我絕對不會插這種女人。」
白羽等門關上，謹慎地確定腳步聲遠去，開心地大叫。
「古倉，妳運氣實在太好了。處女、單身又在便利店打工，同時陷在這三重地獄的妳，多虧有我，可以成為已婚職業婦女，而且每個人都以為妳有性經驗。看在旁人眼中，妳也是個正常人了。這才是最讓大家開心的妳啊。太好了！」

他興奮地抓住我的雙肩說道。

剛回來就被捲入白羽的家庭問題，我實在是累壞了，懶得聽他再多說什麼。

「今天我可以在家洗澡嗎？」

白羽把被子搬出浴缸，我久違地在自家沖了澡。沖澡的時候，白羽一直在浴室門前喋喋不休。

「遇見我真是妳前輩子修來的福氣。本來這樣下去，妳就得一個人孤獨死去。所以妳要永遠藏匿我，做為報答。」

白羽的聲音很遠，只聽得到水聲，殘留耳中的便利店聲音一點一滴地被沖掉了。

沖淨身上的泡沫，用力擰上水龍頭，耳朵聆聽著久違的寂靜。

原本耳中不停地迴響著便利店的聲音，但現在那聲音不見了。

久違的寂靜就像完全陌生的音樂，我正茫然佇立在浴室，白羽的體重壓過地板的吱呀聲傳來，刮破了這份寧靜。

❖

十八年來的職涯就像一場夢，我輕而易舉迎來在便利店的最後一天。

這天早上六點我就到店裡，一直看著監視器畫面。

圖安已經熟悉了站收銀，迅速掃描罐裝咖啡和三明治，即使顧客索取收據，也能俐落操作。

其實兼職人員離職，必須提前一個月告知，但我說因為私人因素，請店長讓我兩星期後就離職。

我回想起兩個星期以前的事——

「我想要辭職。」

我說，店長開心極了。

「啊，終於！白羽終於展現他做男人的擔當了。」

店長之前總是埋怨兼職人員留不住，人手不足，要離職也該先介紹遞補的人再說；這時卻顯得很開心。

不，或許根本沒有店長了。在我眼前的是一個雄性，只希望自己的同類進行生殖繁衍。

「我聽到消息了，太好了！」

總是憤憤不平地指責突然離職的員工沒有職業道德的泉，也祝福著我說道。

我脫下制服，取下名牌，交給了店長。

「謝謝大家的照顧。」

「哎呀，往後要寂寞囉。真的辛苦妳了！」

都在這裡工作了十八年，最後竟如此輕易撒手離去。

上星期進來的緬甸女生取代了我的位置，正在櫃檯掃條碼。我瞄著監視器畫面，心想自己已經不會出現在這上頭了。

「古倉，真是辛苦妳了。」

「算是離職送別兼祝賀禮。」

泉和菅原說，並送了我看起來很高級的夫妻對筷，晚班的女生則送給我一罐餅乾。

十八年來，我看過許多人離職，但他們的空缺總是一眨眼就被填補了。我想自己離開後的位置也會兩三下就被補上，從明天開始，便利店仍會一如往常地繼續運轉。

點貨的掃描器、訂貨的機器、拖地的拖把、消毒手部的酒精、總是插在腰間的撢子，與這些近在身邊的道具，也將就此離別。

「不過，這是喜事啊！」

店長說，泉和菅原也都點點頭。

「就是啊。有空再回來玩啊！」

「對啊，以客人的身分，隨時回來吧。跟白羽一起來嘛，我請你們吃熱狗。」

泉和菅原都笑著祝福我。

我逐漸變成眾人腦中想像的一般人。

眾人的祝福讓我覺得詭異，但我還是說了聲：「謝謝。」

我也向晚班的女生們道別，走出店外。

外頭還很明亮，但便利店的光輝比天上灑下來的陽光更璀璨。

再也不是店員的我，將會變得如何？我無法想像。

我對著宛如發光水族箱的便利店行了個禮，朝地下鐵車站走去。

回到家後，白羽正在等我。

平常的話，我總是為了隔天的工作進食然後睡覺，將身體維持在良好的狀況。即使不在便利店的時間，我的身體仍是屬於便利店的。然而，從便利店解放之後，我便不知道該如何自處了。

白羽在房間得意洋洋地上網瀏覽徵才訊息，桌上散落著履歷表。

「很多工作都有年齡限制，不過仔細找，也不是完全沒有。我呢，最討厭看什麼徵才資訊了，不過要上班的不是自己的話，就覺得好有趣呢！」

我意興闌珊，看看時鐘，晚上七點。平常即使不是上班時間，我的身體依然與便利店相連在一起。

現在是傍晚的鋁箔包飲料補貨時間、現在是晚上雜貨送達的時間、現在是大夜開始點貨的時間、現在是拖地的時間……只要看到時鐘，店裡的情景總會自動浮現於腦海。

現在這個時間，晚班的澤口應該正在畫製下星期新商品的POP，而牧村在補杯麵吧。

然而，自己已經被這樣的時間給拋下了。

房間裡充斥著白羽的說話聲和冰箱馬達等各種聲音，但聽在我的耳裡，全是寂靜。

原本充滿了我全身的便利店聲音從身體消失了。我從這世界被切斷了。

「光靠便利店打工養我實在不穩定呢。而且無業跟打工，無業的我會被指責。這些無法脫離繩文時代的傢伙，動不動就責怪男人。可是只要妳找到正職，我就不必再蒙受這樣的牽累了，而且這也是為了妳好，真正的一石二鳥之計。」

「今天我沒有食欲，你可以自己弄東西吃嗎？」

「咦？唔，好吧。」

白羽有些不滿，可能是懶得自己去買，但我遞出一千圓鈔票給他，他就安靜了。

這天晚上，我鑽進了被窩還是睡不著，爬起來穿著家居服走出陽台。

在過去，這是必須為了明天而入睡的時間。一想到要為了便利店維持健康，我總是能立刻進入夢鄉；但現在的我，甚至不知道為何而睡。

衣物幾乎都晾在房間裡，所以陽台都沒有打掃，窗戶也發霉了。我不在乎弄髒衣物，席地坐在陽台上。

不經意地望向窗玻璃內的房間時鐘，凌晨三點。

現在是大夜輪流休息的時間嗎？達特和上星期進來、在便利店打過工的大學生篠崎，應該正一邊休息，一邊在走入式冷藏櫃裡補貨吧。

好久沒在這個時間醒著了。

我撫摸著自己的身體。指甲是依照便利店的規定剪短，頭髮也沒有染，注意保持清潔，手背還隱約殘留著三天前炸可樂餅時留下的燙傷。

雖然夏天近了，陽台仍有些寒冷，但我還是不想進房間，只是茫茫然地不斷仰望深藍色的天空。

悶熱與難眠令我輾轉反側，在被窩裡微微睜眼。

連今天是星期幾、現在幾點都糊里糊塗，我摸到枕邊的手機，看看時間——兩點。

迷糊的腦袋無法掌握是上午還是下午，爬出壁櫃一看，白晝的陽光從窗簾外射了進來，我才得知現在是下午兩點。

看看日期，辭掉便利店後，好像過了快兩個星期，卻感覺似乎過了很久，也彷彿時間都停止了。

白羽不在房間，也許是去買吃的了。沒收的折疊桌上，丟著昨天吃剩的杯麵殘骸。

辭掉便利店後，我不知道早上該幾點起床，過著睏了就睡、醒了就吃的生活。除了在白羽的命令下寫履歷，我什麼事情都沒做。

身體不知道該依照什麼基準來行動。

過去即使是上班以外的時間，我的身體仍然屬於便利店。為了精力充沛地工作而入睡、維持健康、攝取營養。這也屬於工作的一部分。

白羽還是老樣子，睡在浴缸，白天在房間吃東西，看徵才資訊，似乎比起之前上班的時候更加生龍活虎地四處活動。我則不分晝夜地昏睡，因此直接把被子鋪在壁櫃裡，肚子餓了才會爬出來。

我覺得口渴，打開水龍頭倒了杯水，一口氣喝光。忽然我想起曾經在哪裡聽說過，人體的水分約兩個星期就會全數替換。

以前每天早上在便利店買的水已經從身體流光，皮膚的濕度、在眼珠上形成薄膜的水，都已經不是便利店的水了嗎？

拿杯子的手指和手臂都長出了黑色的汗毛。過去我為了在便利店工作而維護儀容，但現在沒這個必要，也不覺得需要剃汗毛了。

看看靠立在房間的穿衣鏡，人中處冒出一層淡淡的鬍鬚。

原本每天都去的投幣式淋浴間，現在也三天一次，白羽叫我去，我才會拖拖拉拉地去。

過去我凡事都以對便利店來說是否合理來做決定，現在卻處於失去基準的狀態。

我不明白該以什麼做為標準，來決定一項行動是否合理？變成店員以前的我，應該也是根據是否合理來做決定，卻已經忘了當時的圭臬是什麼？

突然，一陣電子鈴聲響起，回頭一看，白羽的手機正在榻榻米上作響，他好像沒帶手機就出門了。我本想置之不理，但鈴聲響個不停。

是有什麼急事嗎？看看螢幕，來電人顯示是「惡媳婦」。我出於直覺按下「通話」，不出所料，電話傳來白羽弟媳的吼聲。

『大哥，你要我打多少次才甘心！我知道你在哪裡，我要上門堵人囉！』

「呃，妳好，我是古倉。」

聽到接電話的是我，白羽的弟媳立刻冷靜下來。

『啊，是妳啊。』

「白羽應該是去買飯了，他很快就會回來。」

『剛好，妳可以替我轉達嗎？借給他的錢，他上星期匯了三千圓進來以後就沒消息了。三千圓是什麼意思？瞧不起人啊？』

「呃，抱歉。」

我不知怎地道歉說道。

『拜託，有信用一點好嗎？我手上可是有借據的。可以幫我告訴那傢伙嗎？別以為我不敢告他！』

弟媳不耐煩地接著說。

「好的，他回來我會轉告他。」

『一定喔！那傢伙就是這麼貪財，真受不了！』

弟媳憤懣的聲音另一頭，傳來疑似嬰兒的哭聲。

我忽然想到，失去便利店這個基準的現在，以身為動物的合理性來做為判斷基準，是否才是正確的做法？

畢竟我也屬於人類這種動物，如果能夠的話，生孩子讓人類種族更加興旺，或許才是我該走的路。

「呃，我想請問一下，生孩子才是對人類有幫助的事嗎？」

『嗄!?』

電話另一頭弟媳的聲音整個走調。我則詳盡地試著說明。

「就是，我們也是動物，所以是不是增加愈多愈好？妳覺得我跟白羽是否也應該多交配，協助人類繁榮嗎？」

好半晌無聲無息，我正懷疑電話是不是掛斷了，忽然傳來一道重重的嘆息聲，就好像手機正噴出熱氣來。

『饒了我吧……。打工族跟無業遊民生孩子是要做什麼？拜託，真的不要。不要留下你們這種人的基因，才是造福人類。』

「啊，這樣啊。」

『你們管好自己，把爛基因最後全部帶到天堂去，不要留下半點殘渣在這個世界好嗎？拜託！』

「這樣啊……」

這個弟媳真的邏輯分明，我佩服地點點頭。

『跟妳說話，我都要神經錯亂了，浪費我的時間。我可以掛了嗎？啊，錢的事一定要跟他說啊！』

弟媳留下這句話後，便掛了電話。

看來我跟白羽不要交配，對人類才是有益的。

我從來沒有跟別人交媾過，感覺很恐怖，也提不起這個勁，所以有些鬆了一口氣。我要小心別讓我的基因留在任何一處，直到嚥氣，在死掉的時候好好地帶走。

我如此下定決心，卻也感到茫然無措。這一點我明白了，可是在那之前，我該做什麼才好呢？

開門聲響起，白羽回來了，手上提著附近百圓商店的塑膠袋。因為我一天的節奏亂七八糟，也不太燙蔬菜做飼料了，所以白羽開始替我去百圓商店買冷凍食品的配菜回來。

「啊，妳起來了。」

明明一起待在這麼狹小的空間裡，我們卻很久沒有在白天吃飯的時間碰面。電鍋一直設在保溫，打開就有飯，醒了就扒幾口飯，然後回去壁櫃睡覺，我一直過著這樣的生活。

因為碰面了，便順其自然地一起吃飯。白羽解凍的配菜是燒賣和雞塊，我默默地把盛到盤上的那些東西夾入口中。

我不知道自己是為了什麼而攝取營養，咀嚼之後變得糊爛的白飯與燒賣，令我遲遲難以下嚥。

❖

這天是我第一次面試。白羽得意地說：雖然是派遣工作，但一直打工到三十六歲的我能夠進入面試這一關，簡直就是奇蹟。

這時距離我辭掉便利店，已經快一個月了。

我換上十多年前送洗後便再也沒穿過的長褲套裝，梳理好頭髮。

已經好久沒有踏出房間了。一面打工，一面存下來的微薄存款，亦所剩無幾。

「好了，古倉，出發吧。」

白羽興沖沖地說要送我去面試，並在外面等我面試結束。
來到外頭，空氣中已經充滿了夏天的氣息。
我們搭電車前往面試地點。我也好久沒搭電車了。
「有點來太早了，還有一個小時以上。」
「這樣啊。」
「啊，我去一下廁所，妳在這裡等我。」
白羽丟下這話後便往前走。
我納悶哪裡有公廁，結果他走進一家便利店。我也想上廁所，便跟著白羽進入便利店。
自動門打開的瞬間，我聽見懷念的鈴聲。
「歡迎光臨！」
櫃檯裡的女生看到我，大聲招呼。

便利店裡已形成隊伍。看看時鐘，已經快十二點了，剛好是中午尖峰開始的時間。

櫃檯裡只有兩個年輕女生，其中一位別著「實習中」的牌子。有兩台收銀機，兩人正拚命操作。

這裡似乎是商業區，顧客幾乎全是西裝男或粉領族。

這時，便利店的「聲音」開始流入我身體當中。

便利店裡的一切聲音全都帶著意義震動著，那震動直接對著我的細胞訴說，像音樂一樣迴響。

不是思考，而是我的本能理解了這家店現在所需要的一切。

我赫然一驚，望向開架冷藏櫃，上面貼著海報。

——今日起義大利麵全面折扣三〇圓！

然而，義大利麵卻和炒麵、什錦燒等商品混在一起，一點都不吸睛。這樣不行，我將義大利麵移動到涼麵旁邊的醒目位置。

女客人用不解的眼神看我，但我仰望她說：「歡迎光臨！」她便似乎把我當成了正職人員，拿起我剛陳列整齊的明太子義大利麵。

我鬆了一口氣，同時瞥見巧克力賣架，連忙取出手機看今天的日期。今天是星期二，新商品的發售日。我怎麼會忘了對便利店店員來說，這一星期裡頭最重要的日子呢！

我看見巧克力新商品只在最下層陳列了一排，差點尖叫出聲。半年前爆紅而賣到斷貨、話題性十足的巧克力零食推出了期間限定白巧克力口味，卻把它陳列在這種毫不起眼的位置，難以置信。

我迅速整理賣場，將銷路不怎麼樣卻占據大片位置的零食縮成一排，再把新商品放到最上層擺成三排，並拿起一直擺放在其他零食上的「新商品」ＰＯＰ放到巧克力這裡。

站收銀的女生一臉訝異地看著我，她注意到我的行動，但似乎被結帳人潮絆住，分身乏術。

我做出展示胸章的動作，以不打擾顧客的音量招呼說：「早安！」並欠身行禮。

女生露出放心的表情，輕輕向我回禮後，專心結帳。

她把穿套裝的我當成了總公司職員吧。居然這麼容易就被騙過，太缺乏安全意識了，萬一我是壞人，打開後場的保險櫃、還是偷走收銀機的錢，該怎麼辦？

晚點得叮嚀她們才行，我這麼想著。

「啊，妳看妳看，這個點心有出白巧克力口味耶！」。

我轉身回頭一看，兩名女客人正拿起我剛排好的新商品熱烈討論著。

「我今天在廣告上有看到。買來吃吃看吧！」

便利店對顧客來說，必須是挖掘驚奇、充滿樂趣和喜悅的場所，而非只是機械性地採購必要物品的地方。

我滿意地點點頭，快步巡視店內。

今天氣溫很高，礦泉水卻沒有補齊；二公升的紙盒裝麥茶也賣得很好，卻僅在不起眼的角落放了一瓶。

我聽見便利店的「聲音」。我瞭若指掌地明白便利店想要什麼、希望變成什麼模樣。

處理完結帳隊伍後，櫃檯的女生跑了過來。

「哇，好厲害！簡直就像變魔術一樣。」

她看著我整理過的洋芋片賣場喃喃說道。

「今天有一個兼職人員臨時不能來，我們卻連絡不上店長，正不知道該怎麼辦才好。店裡只有我跟新人兩人……」

「這樣啊。可是我看結帳的樣子，妳們熱情有禮，很不錯。等尖峰時間過去，補充一下冷飲吧。冰品也是，氣溫變高的話，口味清爽的冰棒賣得比較好，可以整理一下賣場。還有，雜貨的架子灰塵有點多，請把商品全部拿下來進行清潔。」

我不斷地聽見便利店的「聲音」。便利店想要變成什麼模樣、店裡需要什麼，全都不斷地流入我的心中。

是便利店在說話，不是我，我只是在轉達來自便利店的神諭。

「好的！」

女生應道，聲音充滿了信賴。

「還有，自動門上指紋有點多，客人很容易注意到那裡，所以也要清潔一下。另外，這裡女客人不少，冬粉湯的種類再進多一點比較好，請轉告店長。還有……」

我直接將便利店的「聲音」轉達給女店員，這時，一道怒吼響起——

「妳在做什麼！」

不知何時，白羽從廁所出來，抓住我的手腕斥喝。

「客人，怎麼了嗎？」

我反射性地回答。

「妳別鬧了！」

白羽大罵著，接著把我拖出店外。

「妳在做什麼蠢事！」

白羽把我拖到路上怒罵著。

「我聽見便利店的『聲音』。」我說。

聽到我的話，白羽露出見鬼似的表情，包裹著他那張臉的蒼白薄皮皺成了一團，彷彿被捏爛了一般。

但我還是沒有退縮。

「便利店的『聲音』不停地流入我的體內，我是為了聆聽這聲音而生的。」

「妳在胡說什麼……」

白羽的表情變得畏怯。

「我醒悟了。我不僅僅是個人，更是個便利店店員。即便我是一個扭曲的人，即便養不活自己而路倒街頭，我還是無法逃離這個事實。我所有的細胞都是為了便利店而存在的。」

我自顧自地繼續說下去。

白羽默不吭聲，皮膚皺成一團的表情依舊，扯著我的手腕，想要把我拉去面試會場。

「妳瘋了嗎？這世界不會容許妳這種生物！妳違反了村落的規則，只會遭到世人迫害，孤獨老死。與其那樣，倒不如為我工作，更有益多了。那樣大家才會安心、接納。那才是讓每個人都開心的生活方式。」

「我不會跟你去的。我是動物，便利店店員這種動物。我無法違背我的本能。」

「沒有人會容許的！」

「不，即使沒有人容許，我依然是便利店店員。身為人的我，或許有你這個人比較方便，家人和朋友也才能放心接納；但身為便利店店員這種動物的我，完全不需要你。」

我抬頭挺胸，就像合唱「誓詞」那樣，筆直迎視白羽。

就連像這樣跟他說話都讓我覺得浪費時間。我必須為了便利店，再次調養好身體。我必須將肉體的一切從頭改造，以便能更快速正確地行動、更迅速地補充飲料、拖好地板、更完美地聽從便利店的「聲音」。

「噁心！妳根本不是人！」

白羽唾棄地說。

我從剛才就這麼說了啊！我這麼想著。

總算甩開被白羽抓住的手，緊抱在自己的胸口。

這雙手很重要，是要找零錢給顧客、包裝熱食的手。白羽汗濕黏膩的手令人噁心，這樣對顧客太失禮了，我想要快點洗乾淨。

「妳絕對會後悔的，絕對！」

白羽吼道，一個人往車站折返。

我從皮包取出手機，先打電話給面試的地方，轉達我是便利店店員，所以不能去面試。接下來我得找新的便利店應徵才行。

我不經意地望向倒映在剛離開的便利店玻璃窗上的自己。一想到這雙手、這雙腳，全是為了便利店而存在，我覺得倒影中的自己頭一次成了一個有意義的生物。

「歡迎光臨！」

我想起第一次見到剛出世的外甥的醫院玻璃，玻璃另一頭傳來與我極相似的明亮聲音，我明確地感受到全身每一個細胞都在呼應著玻璃裡頭的音樂，在皮膚底下蠢蠢欲動。

（全書完）

寫給便利店的情書

便利店先生：

與你相識，已經十七年，這是我第一次提筆寫信給你。

認識你時，我才十八歲。對當時的我來說，你是個令人敬畏的對象。在我眼中，你屬於大人的世界，像我這樣的菜鳥，總是犯錯連連，幾次就差點失去留在你身邊的資格。每次見到你，我總是緊張萬分，口袋裡裝了小筆記本，每每留意到你細微的動作和習慣，便鉅細靡遺地記錄下來。

這樣的我們到底是從何時成為一對的？我想，你和我可能都難以說清楚吧。若勉強要說的話，或許是第一次與你共度深夜兩點的那個夜晚。當時其他人臨時不能來顧店，我又推辭不掉，便與你待到了半夜。我平常都是在白天或傍晚才見到你，第一次在你體內感受到帶著夏夜氣味的空氣流入時，不禁怦然不已。

臨去之際，我忽然想看看你困窘的表情，而想對你這麼說：「你覺得便利店跟人可以做愛嗎？」我期待你會臉紅，或是不知所措，卻沒料到你滿不在乎地回應道：「妳在說什麼啊？我們不是已經結合了嗎？妳每天都進入我當中。」

我認為，當你一本正經地這麼說的那一刻，我們便成了一對情侶。

後來，我開始抱著約會而非上班的心情，精心打扮去見你；而你也將雜誌區和店內的鏡子清理得光可鑑人，有點裝模作樣地迎接我。

仔細想想，照你所說的道理來看，你等於也是每天在跟大夜班的大叔、店長夫妻，還有上百名的顧客做愛，然而你卻理所當然地說：「咦？我只跟妳做過啊。」所以在你心中，我或許是有某些不同吧。

大概是在認識你三年左右的某一天，突然有人告訴我，說你一個月以後就要死了。我啞然失聲，因為我從來沒有想過，便利店居然三年就會死掉。

但，你真的死了。你去世的前兩天，體內的東西全部以半價出售，被眾多人潮搶購一空。而我目睹著這一幕，以為即將與你天人永隔。

因此，當店長告訴我，你將在距離原本活著的地點約十五分鐘自行車車程的地方脫胎重生時，我驚訝極了。這是我第一次與便利店交往，從來都不知道原來便利店會像這樣不斷地死而復生。

重生的你和我，又再次墜入愛河。後來經歷了許多事，像是我和家庭餐廳的花心、你又再度死去。在你第三次死去的時候，我也已經習慣了。我們經歷一次次的離別與重逢，十七年過去的現在，我仍廝守在你身邊。

身邊的人都說：「妳幹嘛不跟人交往，而跑去跟什麼便利店交往？」「交往這麼久，不膩嗎？」也有人說：「反正妳也不是真心愛什麼便利店，只是為了小說題材才交往的吧？」我早已習慣這些閒言閒語，也不以為意。不過，之前約會的時候，我半帶玩笑地把這些話告訴你，你聽了好像有些傷心。我說：「對不起，真不該跟你說這些的。我去宰了那些人好不好？」這話雖是說笑，卻也是認真的。你正經八百地回答：

「不可以隨便殺人。人跟我不一樣，就算死掉也不會復活。」

這麼說來，你難得像這樣將感情表露在臉上呢。有時就算我說笑，你也不太捧場；即使我突然依偎在你身上，想要親密接觸，你也從不臉紅心跳，而是一派雲淡風輕。但我依然覺得，即使不需要言傳，你也明白我為什麼喜歡你。

然而，當上一次我們為了要不要分手，重複著超過一百次以上的爭論時，居然連你也說了：「我實在搞不懂為什麼妳要跟我在一起。」我震驚極了。我希望你能明白我的心意，因此，才提筆寫這封信給你。

我喜歡你的地方實在太多太多，即使寫上一百張稿紙都不夠，所以我簡潔地只列出最重要的理由。

我之所以愛上你，最大的理由，是因為你讓我變成了一個「人」。

大家都說你不是人，但是認識你之前的我，其實也稱不上是個人。簡單的說，我不善於扮演「人」這個角色。唯有待在你身邊，我才能夠是個人。

你給了我早晨、白天、夜晚的時間區分，給了我一雙漫步「現實」世界的神奇鞋子。對我來說，你就像個魔法師，如果沒有你，我甚至無法感受到世界有「早晨」這樣的時光。

你是我人生當中，唯一堅若磐石的「正常」，所以我身為人的感情，全部都是屬於你的。

吐露這麼沉重的情感，搞不好會害得我們真的分手。因為愛情把我變成了「人」這種怪物，而你卻依然故我，永遠都是便利店。我過度膨脹的愛情，對你來說或許太沉重了。

如果失去你，我會變得如何？如果沒有你，或許我又會忘了自己是個人。居然變得如此依賴你，也令我心生恐懼。

不過，再一下就好，請讓我待在你的身邊。你各處年久失修，一早就叮咚叮咚吵得要命。你說：「我是建築物」，不肯移動，所以約會地點老是一成不變；招待我的「拿手好菜」總是加了一堆添加物；還說：「妳看妳看！我有了新玩意！」突然就擺出咖啡機，把人忙得團團轉；更重要的是，你讓大夜班的大叔跟店長那些人在你的身體裡面自由穿梭，實在讓人懷疑你是不是很花心。

這些數不清的缺點雖然教人耿耿於懷，不過，就連這些缺點，在我眼中也覺得魅力十足呢。看來我真的被愛情沖昏了頭。所以，在我的相思病痊癒之前，你有義務留在我身邊。

明天早上，我又要去見你了。最近忍不住出於怠惰，約會老是穿牛仔褲；不過，明天我會穿上新買的洋裝，所以請你也要掃乾淨營業用冰箱，好好打扮一番等我喔！

這麼說來，我們還不曾接吻呢。我想，明天將會是值得紀念的一天。

村田沙耶香

便利店人間

作　　者　村田沙耶香 Sayaka Murata
譯　　者　王華懋

責任編輯　許世璇 Kylie Hsu
責任行銷　朱韻淑 Vina Ju
封面裝幀　許晉維 Jin We Hsu
版面構成　譚思敏 Emma Tan
校　　對　葉怡慧 Carol Yeh

發 行 人　林隆奮 Frank Lin
社　　長　蘇國林 Green Su

總 編 輯　葉怡慧 Carol Yeh
日文主編　許世璇 Kylie Hsu
行銷主任　朱韻淑 Vina Ju
業務處長　吳宗庭 Tim Wu
業務主任　蘇倍生 Benson Su
業務專員　鍾依娟 Irina Chung
業務秘書　陳曉琪 Angel Chen
　　　　　莊皓雯 Gia Chuang

發行公司　精誠資訊股份有限公司
　　　　　悅知文化
地　　址　105台北市松山區復興北路99號12樓
專　　線　(02) 2719-8811
傳　　真　(02) 2719-7980
網　　址　http : //www.delightpress.com.tw
客服信箱　cs@delightpress.com.tw
I S B N　978-986-510-228-9
建議售價　新台幣３３０元
二版四刷　２０２４年８月

國家圖書館出版品預行編目資料

便利店人間／村田沙耶香著;王華懋譯. -- 二版.
-- 臺北市：精誠資訊股份有限公司,2022.08
面；公分
ISBN 978-986-510-228-9 (平裝)

861.57　　111009457

建議分類｜文學小說、翻譯文學